John Burroughs

WAKE-ROBIN

醒来的森林

〔美〕约翰·伯勒斯 著

杨碧琼 译

上海译文出版社

少年伯勒斯

河边本导言

在自己的文字以新版面世之际，面对结识已久的读者，我能说些什么来让我们更好地了解彼此？也许什么也说不出。我们已然相知至深。我把自己交与我的读者，作为他在某些户外活动以及少数室内活动方面的向导，他亦已如此这般地接纳我，而且总体而言，与我为伴他感到愉悦舒畅，这方面超出我所有的期待。对此，我深为感激；何须多言？然而，鉴于如今我也算是上了道，且赘言毕竟是惯例，我就再啰嗦片刻。

自我的第一本书《醒来的森林》出版至今，已经过去近四分之一个世纪了。从那时起，我在这世上走过的年头，已经接近我写作此书大部分章节时的岁数。其他书随后陆续出版，数量不断增加。当被问及一共写了多少本书时，我常常得停下来数一数才行。我猜一位多子的母亲肯定用不着计数就能说出她到底有几个孩子。孩子们的样貌全在她眼里。据说有些野蛮部族计数最多不过五，可是他们养着牲畜，每个土著都清楚自己的牛是不是都在——不是靠数，而是因为他们脑海里记着每一头牛的模样。

野蛮人和他的畜群天天在一起；母亲对孩子爱在心间永不停歇；可一个人写的书一旦脱离了他，某种意义上说，就永远不会回来。好比从枝头掉落的果实。然而，要坐下来谈论自己的书，像一位父亲谈论他已经离家自闯天涯的儿子那样，并非易事。与父子关系相比，作者与书的关系总归是更直接、更私人化一些，更倾向于意志与选择。书不会变，无论其命运如何，它始终保持着作者初创时的模样。人子是绵长族系的传承演变，对其身上或此或彼的个人特征，人父应担之责通常极少；相反，书乃作者思想的真切写照，是智是愚，全看作者如何造它。因此，关于我的这些智力之子，无论我是有意避免谈论它们的品性优劣，还是一心围绕它们私语不断，我相信读者都会谅解。

我无法让自己把这些书看成“作品”，因为书写它们的过程中我几乎没怎么“工作”。全是游乐。我去钓鱼，去野营，或是去泛舟，新鲜的文学素材就生成了。在我闲逛或休憩时，我的玉米就长成了。书写，只是再一次地、更精细地回味我在田野或林间度过的假日。似乎直到书写之时，它才真正深入，成为我的一部分。

我的一位友人如今已是耄耋之年了，他少年时期是在俄亥俄州北部的森林里度过的，后来也写了挺多书。他曾说：“在自我放逐之前，我从没想过写书，而写书带来的唯一结果，是为我自己重现了旧日生活。”写作也许治愈或减轻了他的某种乡愁。我自己的情况也大抵如此。第一本书《醒来的森林》写于我在华盛顿担任政府职员期间。它让我得以重温与鸟为伴的日子，重现我年少时的生活情景。我坐在一张桌子前，写我的书，面前是一道铁墙。我是金库的保管员，金库里存放着上亿元的钞票。在大把大把的空闲时间里，我借着书写聊以自慰。我的思绪游离面前的铁墙，从对鸟类，对夏日田野和森林的回忆里找到了多少慰藉啊！《冬日阳光》里大部分篇章也是在那张桌子旁书写的。我所说的阳光，要比纽约州或新英格兰的阳光更加灿烂丰富。

一八七三年离开华盛顿之后，我书桌前不再是一面铁墙，而是一扇俯视着哈得孙河及远方蓊郁山峰的大窗户，金库也被我换成了一座葡萄园。或许，我的心对前者的抗拒程度要甚于对后者的程度。葡萄园的卷须缠绕着我，牵绊着我，沉甸甸的葡萄架在我看来可比钱柜悦目得多。

唯一让我感觉面前好似一道铁墙的季节是冬季。那时冰雪封堵了外面的风景，而我发现，恰恰是在这个季节，我的心思会极殷切地流连于那些我最心仪的主题。冬季迫使人回归自身，检验着人自娱自乐的能力。

我的这些书是否给人一种关于自然的错误印象，让读者期待从一次林间散步或者野营中收获比他们平时所能得到的更多的快乐？有那么几次，我有理由认为，是的。我自己并非时刻自知，唯有在尝试与读者分享时，才意识到自己从散步当中获得了多少愉悦。遣词造句时的热情引出了色彩与香味。我们不应忘记一切艺术都有幻象。倘若我的读者认为他并未从自然当中获取我从中获取的东西，请容我提醒他，他只有像我一样向自己定义这种“东西”，对它施以词语的魔法，才能明白他到底收获了什么。文学不会在森林里疯长。每一位艺术家所做的都不止于模仿自然；他的叙述所带来的，要多过在最初体验时所吸收的。

多数人认为蜜蜂是从花朵上采撷蜂蜜，但事实并非如此：蜂蜜是蜜蜂酿造的；那是花蜜加上蜜蜂作用的结果。蜜蜂从花朵中获取的是甜的汁液：她依照自己的一套程序进行加工，为其添上自己的特质；她将甜液浓缩，再加上一小滴甲酸。正是这一滴来自她自身的物质，让蜂蜜具备了美味的关键。因此可以说，蜜蜂是那种真正的诗人，真正的艺术家。她的作品始终反映着她所处的环境，同时也反映着环境并不了解的某些东西。我们在品尝苜蓿蜜、百里香蜜、椴树蜜、漆树蜜的同时，也尝到了某种源自这些植物花朵之外的东西。

从事写作的自然主义者不会随意摆弄事实；事实是他赖以生存的植物群（flora）。事实愈多、愈新鲜，则愈佳。离了事实，我将无所作为，但我必须给它们添上我自己的味道。我必须赋予它们一种特征，使其更为精炼、浓郁。

解读自然并不是为了改进她：而是要提取她；是要与她情感交融，吸收她，再用自己灵魂的色彩重新创造她。

假如我一一列出散步时见到的鸟儿，描绘其身体颜色、动作情态等，给出有关这只鸟的大量事实或细节，我很怀疑读者会产生兴趣。但是，如果我以某种方式将这只鸟和人类生活、和我的生活联系起来，展示它在我眼中的面貌，以及在特定景域中、特定时令下的面貌，那么确实可以说，我为读者奉上的是一只鲜活生动的鸟，而不是标本。

约翰·伯勒斯

一八九五年

草甸上的知更鸟

序　言

这是一本关于鸟类的书，更恰当地说，是邀请读者进入鸟类学研究领域的一张请帖。它如能唤醒、激发读者对博物学此一分支的兴趣，即达成了作者的一部分写作意图。

我写本书时并未太仰仗严谨的科学，更多是依靠对鸟类的热爱和已有的了解自由书写。尽管如此，对于事实我绝不敢妄言，也不曾任由想象左右，以致给出虚假印象或错误描绘。我的收获更多来自森林而非书房；我奉给读者的，实际上是对实地观察与体验的认真翔实的记录，字字属实。不过鸟类学对我而言最大的吸引，在于寻觅、追逐与发现，在于其中那些更接近渔猎和野外活动的内容，那些我无论走到何地都能凭借耳朵和眼睛随身携带的部分。

我不能丝毫无愧于心地回答诗人的质问：

“汝可是不用猎枪便叫出所有鸟的名字？”[①]

但我已尽我所能，在把那只“黎明时在桤木枝上歌唱”的雀子带回家时，也一并捎上“河地和天空”。[②]即是说，我已尽力用场所氛围和联系去呈现一只鲜活的鸟，一只生在树林或田野里的鸟，而不仅仅是一个装填后贴上标签的标本。

书名若更加具象会更合我的心意，可惜在这方面苦

---

① 语出拉尔夫・沃尔多・爱默生（Ralph Waldo Emerson，1803—1882）的诗《克制》（Forbearance）。——译者

② 语出爱默生的诗《个体与整体》（Each and All）。——译者

思不得，于是我转而想找一个最贴合本书基调与气息的词。我希望“Wake-Robin”[①] 正合适——它本是白色延龄草的俗称，这种植物开花时遍布林间，标志着所有鸟类的到来。

① 本书原名即此，英文直译为“叫醒–知更鸟”。——编者

目　录

灰胸长尾霸鹟

第一篇
鸟儿归来

在我们生活的北方气候下，春季可以说一直从三月中旬持续到六月中旬。至少，春潮直到六月中都还未止息，而且要待夏至之后，嫩芽和新枝才开始长成结实的木材，草叶才开始不复先前的新鲜多汁。

这段时期也标志着鸟儿的归来。先是一两种较耐寒或半野生的，像歌带鹀（song sparrow）和蓝鸲（bluebird），通常在三月份光临；殿后的是一些更罕见更漂亮的林鸟，六月份出现。但季节流转的每一个阶段，都伴随着特定的鸟类与特定的花。蒲公英告诉我何时去寻燕子，美洲猪牙花（dog-toothed violet）告诉我何时去盼棕林鸫（wood thrush），看到延龄草开花，我就知道春天已正式开场。对我来说，这种花不光意味着知更鸟（Robin）[①] 的醒来——因他醒来已有数周了——更意味着宇宙万物复苏，自然界重现生机。

可是鸟儿的来去多少带着些神秘和意外。我们清晨出门，还听不到鸫鸟（thrush）或绿鹃（vireo）的丝毫动静；再出门，每一棵林木、每一处树丛上都有鸟鸣婉转；第三次出门，一切又复归宁静。谁见他们来？谁见他们去？

比如说这只不安分的小小冬鹪鹩（winter wren），在篱笆内外疾飞，一会儿冲进这边的垃圾堆，一会儿又从几码之外冒了出来。他是如何辨识经纬和气温带，总能

---

① 此处应指美洲知更鸟，又称“旅鸫”（*Merula migratoria*），是鸫属候鸟，不同于欧洲著名的“知更鸟”即“欧亚鸲”。——编者

凭借那对小圆翅膀赶在恰当的时候到来？刚过去的这个八月，我还见他在阿迪朗达克（Adirondacs）的荒山野地里，一如既往地好奇好动；几周之后，这不惧寒冷的小探子又在波托马克河（Potomac）上迎接我。他可是将一丛灌木接着一丛灌木、一片林子接着一片林子依次越过，轻松到此？还是说，这个结实的小躯体内藏着挑战暗夜和高空气流的力量和胆识，一鼓作气飞行了数百里格[①]？

还有天边那只以大地之色晕胸、以天空之色染背的蓝鸲，他在那个明媚的三月清晨自天堂下凡，可是为了温婉如斯地对我们说“睁眼看吧，春天已经来临”？确实，整个鸟儿归来的过程中，没有比这个蓝衫小家伙的首次露面——或露面之前的预告声——更让人好奇、更惹人遐想的了。初时，似乎只是空气里一丝缥缈之音，某个晴朗的三月早晨你听见那鸣叫或欢唱，却无法确定其方向来源；又似晴天里的一滴雨，任你使尽眼力耳力，总是徒劳。变天了，也许是一阵伴着雪花的倒春寒，大约一周之后我才再次听见那叫声。这一次，也可能是下

① 里格（League），旧时长度单位，等同于一个人步行一小时的距离，一般定义为3英里，即约4.828公里。——译者

一次，就看见那鸟儿停在篱笆桩上，张开翅膀快活地唤他的伴侣。现在叫声日渐频繁；鸟的数目也增多了，这里那里，飞来飞去，婉转叫声中透出更多自信与欢快。他们胆子也大了，不久就带着一副轻狂好事的神情在谷仓和外屋上方盘旋，往鸽舍和马厩的窗户里窥视，探查木节孔和浆泵，只为找个筑巢的地方。他们向知更鸟和鹪鹩宣战，故意跟燕子吵架，似乎还就如何武力占领燕子的一个泥屋商讨了好几天。但随着季节的推移，他们逐渐开始回撤，放弃了初期还乐此不疲的征战方针，安静地回到树桩遍地的荒野，在旧居里安顿下来。

蓝鸲之后不久，知更鸟来了。有时在三月，但在大多数北部州，四月才是知更鸟的时节。他们成群结队占领了田野和树丛。你能听见他们在草甸上、在牧场里、在山冈上鸣啭。走在林子里，能听见干叶在他们翅膀的呼扇下簌簌作响，空气里回荡着他们快乐的叫声。他们似乎有着无尽的欢乐与活力，就那样跑着跳着叫嚷着，在空中追逐嬉戏，一会儿冲进林子，一会儿又倏地掠过，速度快得吓人。

制糖是人类一项自在美妙、半正经半戏耍似的劳作，和新英格兰地区一样，纽约州的很多地方依然保留着这一传统。人类劳作时，知更鸟常来作伴。天气晴朗、大地空旷时，你时时处处都看得到、听得到他。日暮时分，在高高的槭树顶上，他仰头向天，带着一种完完全全的恣意，歌唱着简单的旋律。就这样坐在空落落、沉寂寂的树枝间，脚下的大地潮湿冰冷，周围空气里寒意犹存——全年当中再无比他更合时宜、更温柔甜蜜的歌者。他的歌声正合此情此景。那些音符多么圆润真挚，我们的耳朵变得多么贪婪！第一个音符刚起，冬的魔咒即告破解，冬的记忆也瞬间远离。

知更鸟是我们这里最本土、最大众化的鸟类之一。他是家族的一员；比起那些清高、生分的外来珍稀候鸟如圃拟鹂（orchard starling）或玫胸白斑翅雀（rose-breasted grosbeak），知更鸟与我们亲近得多。他坚韧、吵闹、活泼，习性温良，翅膀强健，胆识可嘉，是鸫鸟中的先行军；他预告了后继而来的优雅艺术家，身为先驱可谓不辱使命，某种程度上也为我们做好了迎接的准备。

只有在筑巢这个方面，我惟愿知更鸟能少些本土和大众气质，他的巢用材低劣，工程粗糙，其原因既不在其工匠技巧，也不在其作为艺术家的品位。在观察那边蜂鸟（hummingbird）的巢时，我尤其强烈地感觉到知更鸟在此方面的不足。蜂鸟的巢是因地制宜建筑的杰作，是这个带翅尤物的理想憩息处：其主体由一种白色毛毡状物构成，可能是植物绒毛或昆虫体毛，用细若蛛丝的精线编织在一起，之后再借助细密的树苔加以修饰，与其所在的树枝浑然一体。知更鸟的俊美外形和优美歌声让我们有理由期待他的住所同样体面优雅，我希望最起码能像王霸鹟（king-bird）的巢那样整洁精美——要知道，王霸鹟的尖声鸣叫跟知更鸟的晚歌比起来，就像是锅碗瓢盆的撞击之于长笛的悠扬。我爱知更鸟的歌声和举止，甚至胜于圃拟鹂或橙腹拟鹂（Baltimore oriole）；可他的巢跟人家的比起来，就如半地下式洞穴与罗马庄园的差别。悬巢自有某种气度与诗性——在一座空中城堡旁边，有一间悬在高树细枝上的陋室，于风中不住摇摆振荡。既有翅膀，何须担心跌落？为什么偏偏选在顽童够得着的地方建巢？说到底，我们只能归因于知更鸟的大众气质；他并非贵族，而是人民中的一分子，因此对于他的建造手艺，我们该期待的是稳固而非精致。

另外一位四月来客，是灰胸长尾霸鹟（Phoebe-bird），她的露面有时早于、有时晚于知更鸟。这位霸鹟中的先锋给我留下了珍贵的记忆。我过去曾在内陆农村遇见她，在复活节前后某个明朗的清晨，她站在谷仓或干草棚顶上，仪态万千地宣告自己的到来。到目前为止，你或许还只听过蓝鸲那哀婉的怀乡曲，或歌带鹀那微弱的颤音；灰胸长尾霸鹟用清亮、欢快的叫声宣告其真身驾临，再次让我们的耳朵如沐天恩。在惬意的歌唱间隙，她会在空中画个圆或椭圆，像是在搜寻昆虫，但我怀疑这其实是个艺术处理手法，插入的目的是以某种方式弥补她在音乐表演中的缺憾。如果说外表的朴实无华暗示着在音乐上的巨大能量（通常确实如此），那么灰胸长尾霸鹟的音乐才能可以说无可匹敌，因那身灰白色的行头绝对是朴实到了极点，其体态也很难称得上是鸟类中的“完美体形”。但她来时不早不晚，举止又彬彬有礼，足可抵消在歌唱和外形上的一切瑕疵。几周过去，灰胸长尾霸鹟就很少出现了，只偶尔才从桥梁或斜崖底下覆着青苔的巢里出来露上一面。

第三位是金翅鸳（gold-winged woodpecker），又名

扑翅䴕（flicker），[1] 几乎紧随红胸知更鸟而来。不只在这个季节，到了秋天这两位也是相继出现。他是我少年时期的挚爱，其歌声对我来说意味深长。他来时伴着一声长而嘹亮的叫声，随即站在干树枝或篱笆桩上一遍遍重复——那是美妙绝伦的四月之声。我想起所罗门在咏春诗篇里如此结尾，“斑鸠的声音在我们境内也听见了”，[2] 而面对乡间同样美妙的春天，我的赞歌也应以同样的方式作结——“扑翅䴕的叫声在树林上方响起”。

那是一声响亮、热烈、圆润的呼喊，似乎并不期待回应，更像是为了表达爱意或传播音乐。它是扑翅䴕式的和平宣言及祝愿辞。细究之下我发现，大部分非著名鸣禽的鸟，在春季都会发出某种类似乐曲的音符、声响或者鸣叫，部分程度上满足了对美与艺术的要求。如同“闪亮的鸽子身上流转的虹彩更加鲜艳”，[3] 年轻男子的心思轻快地

---

① 正式专名应为“黄扑翅䴕”，原文还列举了“high-hole”“yarup”等别名，许是对鸟叫声的模仿，约等于“嗨嗬”“呀喝”。此鸟另有一名曰“yellowhammer”，是亚拉巴马州鸟，但并非分布于欧亚地区的“黄鹀”。因别名无对应中文，径采作者习用名“金翅䴕”。——编者

② 语出《圣经·雅歌》（2：12），此处采用和合本译文。《雅歌》（*Song of Solomon*）作于所罗门时代，传为所罗门本人作品。——译者

③ 语出丁尼生（Alfred Lord Tennyson，1809—1892）的诗《洛克斯利田庄》（Locksley Hall）。此处描写了春天里鸟儿披上新衣的场景。——译者

转向了他美丽的表妹，同样的新鲜气息触动了这些“无声的歌者”，他们不再缄默，开始怯怯吐出开启这美妙乐章的第一组音节。听哪，凤头山雀（gray-crested titmouse）清亮甜美的鸣叫，䴓 (nuthatch) 柔和的鼻音，蓝鸲多情欢快的鸣啭，草地鹨（meadowlark）浑厚的长音，鹌鹑（quail）的哨音，披肩榛鸡[①] 的鼓翼声，燕子的活泼聒噪，如此种种。就连母鸡都在唱一支简单自得的颂歌；猫头鹰在我看来也有用音乐将夜填满的强烈愿望。所有鸟儿在春天都是新生的或曰未来的歌唱家，甚至鸡鸣之中都能找到佐证。槭树的花不如木兰那般显眼，但确实正值花期。

没有哪位作家认为我们司空见惯的小麻雀即棕顶雀鹀（*Socialis*）是一位歌者；可是，只要见过他停在路边，态度虔诚地反复咏唱着那优美圆润的曲调，任谁都会感觉之前对他太过疏忽。谁听过雪鸟（snowbird）[②] 唱歌？可他那含混的颤音确实十分悦耳。我甚至在二月就听见他忘情沉迷在自己的歌声里。

---

① 当时常常误称“山鹑”(patridge)。根据后文标注拉丁学名，应指北美常见的“披肩榛鸡”(rufted grouse)，恰有鼓翼(drumming)发声的习性。——编者

② “雪鸟”为旧称，按现代分类法属暗眼灯草鹀灰色型亚种。——编者

就连牛鹂（cow bunting）都感受到了这股音乐狂潮，也渴望加入队伍，直抒胸臆。他通常在每天午前时段，由配偶或配偶们陪着栖在最高处的枝丫上——牛鹂推崇多配偶制，身边总有两三只通身灰黑、形态端庄的小淑女相伴——呕心沥血般吐出一串串音符。这些显然费了不少体力和心力、含混不清地从他体内发出的声音，带着一声奇异而微妙的鸣响落入听者耳中，好似玻璃瓶中出水，倒也不乏某种动听的节奏。

啄木鸟对于春的爱意也并非全然无感；而且，和披肩榛鸡一样，他对音律的鉴赏也依照着一种极原始的方式。你在某个清透静谧的三月早晨穿行林间，大地和空气里还残留着冬日的肃杀之感，忽然，从干枝或短桩上传来长久不绝的啄击声，打破了寂静。这是那小毛球在给春天敲起床鼓。我们满心愉悦，站在完全的静寂里，在形态刚直的树木中间，倾听着；由于在这个季节要比在其他时候更常听到他，我乐于认为那位打击乐手如此作为并非出于美食动机，而是为了呈献一场真正的音乐演出。

因此可以预见，金翅鸳定会应时节大势所趋，为春日合奏曲奉上一己之力。他的四月之声是他最优秀的才能，是其音乐表达的极致。

我记得在一大片糖槭林的边缘处，有一棵古老的槭树哨兵一样立着，一窝金翅啄年复一年在它空心的躯干里安身。在筑巢真正开始之前一两周，几乎每个晴朗的早晨都能看到三四只这样的鸟，在槭树枯败的枝丫中间追逐嬉闹、谈情说爱。有时你只能听到一声轻柔的劝慰，或者一通压低了嗓子的机密对谈；接着便出现了那悠长响亮的呼喊，他们悠闲地停在裸露的枝干上，先由一只起头，其余的随即接上；俄而，又爆发出一阵狂放的笑声，夹杂着各式大呼小叫，仿佛有什么事惹得他们乐不可支。这种群体狂欢到底是为了庆祝配对或交尾仪式，或者仅仅是每年在重返夏日驻地时都会进行的“暖房”活动，我尚无定论。

金翅啄和多数近缘亲属不同，比起深林里的隐秘地带，他更喜欢田野和林子边缘，因此他的生计手段也和同族习惯相反，主要依靠从地上捕捉蚂蚁和蟋蟀。他对于啄木鸟这一身份并不太满意，因此学了知更鸟和燕雀（finch）的样儿，放弃树木，只找草地，急切地以浆果和谷物充饥。这样的生活结局如何，是个值得达尔文思忖的问题。他的地面活动和足行功力是否会使其腿部变长？以浆果和谷物为食是否会导致体色暗淡、声音柔和？效仿知更鸟是否也能让他精通音律？

确实，有什么比过去两三百年的鸟类史更有趣味呢？鉴于鸟类是在人类社会中繁殖，人类的存在确实给他们带来了非常显著且积极的影响。据说加利福尼亚在垦荒之前，那里的鸟基本不鸣不叫，另外我也怀疑印第安人是否能和我们一样听闻棕林鸫的鸣啭。在北有草场、南有稻田之前，刺歌雀（bobolink）在哪里寻欢作乐？他那时是否和现在一样是个体态轻盈、无忧无虑的公子哥儿？还有雀鹀、云雀和金翅雀（goldfinch），这些鸟如此偏爱开阔的田野而抗拒丛林，我们甚至无法想象他们在没有人类的辽阔荒原上该如何生活。

言归正传。歌带鹀，这普世的挚爱，春的初生子，在四月之前就来了，简单的鸣啭曲调让所有心灵都欢欣愉悦。

五月是燕子和黄鹂（oriole）的时节。也有其他许多不俗的来客，实际上到了五月的最后一个星期，九成鸟类都会齐聚于此，但其中以燕子和黄鹂最为突出。黄鹂一身鲜艳的羽衣，真像是从热带而来。我看见他们在开花的树木中间穿梭，整个上午都听见他们不停地啭鸣调笑。燕子在谷仓周围上下翻飞，叽叽喳喳，或是尖声叫唤着在檐下筑巢；披肩榛鸡在新抽芽的树上鼓翼；草地鹨悠长而轻柔的鸣叫从草地上传来；傍晚，沼泽和池塘里响起雨蛙（hyla）的万声齐鸣。五月是过渡的月份，其存在是为了联结四月与六月，联结根与花。

到了六月，万物繁盛，我们心满意足，再无所求。季节的至善至美带来诸多妙物，鸟类歌声与羽衣的完美无缺便是其一。艺术大师群集在此，早前由知更鸟和歌带鹀勾起的万千期待此时尽数成真。鸫鸟已悉数到来；我遇着一块岩石便坐下，手里握着满把的粉色杜鹃花（azalea），细心聆听。据我观察，杜鹃（cuckoo）不到六月是不会出现的，金翅雀、王霸鹟和猩红丽唐纳雀（scarlet tanager）也常常拖到这时才来。刺歌雀在草地上占尽芳华；田雀鹀（field sparrow）在高山牧场上唱着轻松愉悦的晚祷；树林张开臂膀，全情接纳鸫鸟的歌声。

杜鹃是我们的森林中最孤僻的鸟类之一，又出奇地温顺安静，宠辱不惊，无忧无惧。他的心思似乎总在远方。他的鸣叫，是一个迷茫、彷徨的生灵发出来的声音，听在农人耳朵里就成了雨水的预言。在一片欢乐甜蜜的凿凿之音中，我爱听这先知一般的奇特叫声。自四分之一英里外的森林深处传来，这声音里透露出某种不同寻常的怪异与克制。华兹华斯歌颂欧洲杜鹃的诗句①也很适合我们新大陆的这一种：

你啊，欢畅的新客！
我听到你便觉喜悦：
杜鹃啊！我该称你飞鸟，
还是流浪的音波？
我躺在青草地上，
听你高歌，声入云霄！
从这山冈飘向那山冈，
音犹在耳，便觉迢遥！

---

① 指华兹华斯（William Wordsworth，1770—1850）的诗《致杜鹃》（To the Cuckoo）。——译者

……

欢迎，欢迎，春之骄子！

尽管在我的眼里，

你并非鸟类，而是精灵，

是音波，是难解的谜。

我所在的地方只可见到黑嘴美洲鹃（black-billed），黄嘴美洲鹃（yellow-billed）则大量生活在南部地区。二者的鸣叫近乎一致，前者叫声有时类似火鸡，后者叫声可记录为：咕——咕咕——咕咕。

黄嘴美洲鹃

黄嘴鹃惯于在一棵树上落定，仔细搜索每一根树枝，直至捉到所有毛虫。他停在一根细枝上，一边用特别的姿态晃着脑袋，一边检查身边的枝叶，一旦发现猎物，就抖动翅膀迅速扑上。

黑嘴鹃在六月会彻底巡查果园和花园，尽情享用害虫。此时的他是天底下最温顺的鸟儿之一，允许你进入他周围几码之内。我有一次甚至离他只有数英尺远，似乎也未引起他的惊恐或疑心。他单纯得很，也可能是完全无所谓。

杜鹃的羽衣呈浓艳的亮棕色，比我所知道的任何中性色调都要美。其紧实精致也是无与伦比。

尽管在体格和颜色上存在差异，黑嘴美洲鹃身上还是有一些特征让人联想到旅鸽（passenger pigeon）。眼部的红圈、头部的形状、起落时的动作，都有明显的相似之处；但论及飞行时的身姿和速度，他就大为逊色了。他的尾巴和褐弯嘴嘲鸫（red thrush）一样似显过长，而且他在林中穿行时非常安静，与知更鸟或鸽子明显的扑棱声形成强烈对比。

你可听过田雀鹀的歌声？如果你曾在有着辽阔高地

牧场的农村地区生活过，十之八九不会错过他。据我所知，威尔逊[①] 称他为“草鹀”（grass finch），而且显然并未见识过其歌声的魅力。他尾部有两根白色侧羽，你走在田间时，他总爱在你前面几码外跳跃闪躲。你凭借这两点就足以辨识他。若要寻他，不应找草地或果园，要往那些微风习习的高地牧场上去。他的鸣叫在日落之后众鸟噤声时最是清晰，因而他也极恰当地被称为“黄昏雀鹀”（vesper sparrow）[②]。黄昏时分赶着牲口从田里归来的农人能听见他最甜美的曲调：不像歌带鹀的叫声那般短促多变，要更柔也更狂野，更甜也更凄苦。将歌带鹀乐曲中最妙的部分，加上林雀鹀（wood sparrow）甜蜜的颤音，便构成了黄昏雀鹀的晚歌；他是荒原牧场的诗人。走上那些平坦辽阔、牧着牛羊的高地，在暮色中随便拣一块尚有余温的干净石头坐下，听他歌唱。歌声从牲畜正在啃食的短草中间升起，不分方向，无论远近。开头三两声悦耳的长音，平和宁静，加上结尾一阵

① 亚历山大·威尔逊（Alexander Wilson，1766—1813），苏格兰裔美国鸟类学家和诗人，著有《美洲鸟类学》。——译者

② 现在认为这是另一个品种栗肩雀鹀（*Pooecetes gramineus*），不同于田雀鹀（*Spizella pusilla*）。下文及附录索引亦有误，请读者注意鉴别。——编者。

渐弱的鸣啭和颤音，便成了一支单曲。通常你只能捕捉到一两个小节，因为小音阶部分都随清风消散了。多么无欲无求、安静祥和、自然流淌的旋律！这是自然界中最独特的声音之一。那一草一石、残茬畦沟、安静的畜群以及群山之间温暖的暮光，全都透过这歌声精妙地传达出来了，这算是他们的成就。

雌田雀鹀在开阔地里搭了一个简易鸟巢，没有费神用灌木、蓟、草丛之类来做防护或标记；它可能被你一脚踏中，也可能被牛直接踩进地里。不过我猜想，这等威胁在田雀鹀看来并不比另一种更堪忧。小雀儿非常清楚，臭鼬和狐狸有着恬不知耻的好奇心，无论是田埂、树篱还是蔓生的草蓟，一切可能给老鼠或鸟类提供保护或遮挡的东西，都会被那些狡猾的坏蛋翻个底朝天。披肩榛鸡肯定和田雀鹀有相同的考虑，因为她把巢建在无防护的开阔地带，避免一切表面上的隐藏——她从几乎密不透风的密林深处搬到干净开阔的小树林，在这里她能掌握所有路径，能轻易地飞往任何方向。

另外一种特别受人喜爱但很少被注意到的雀鹀是林雀鹀或称灌丛雀鹀（bush sparrow），鸟类学家常称其为

“*Spizella pusilla*”。其体格形态同棕顶雀鹀，但特征不那么鲜明，颜色偏暗红。他偏爱石南丛生的偏僻荒地，他的歌声美妙绝伦，有时听起来非常清晰，尤其是在早春时节。还记得那个晴朗的四月天，我正坐在还未长出新叶的林子里，几杆[①]距离开外就有一只这样的鸟唱起歌来，一首接着一首，持续近一个小时。那真是绝妙的林间音乐，而且由于投射在如此空旷辽阔的静寂之中，自然更显清亮惊艳。那歌如词句：“飞哦，飞哦，浮哟，浮哟，飞飞飞。”刚开始高亢随意，唱着唱着调子转急，尾声又变得低沉柔和。

依然属于未被认识范畴的白眼莺雀（white-eyed vireo），或称白眼霸鹟，特别值得一提。这种鸟的叫声说不上特别柔美，相反还有点生硬刺耳，像靛彩鹀（indigo-bird）或黄鹂的叫声；但说到明快、流畅、表演技巧和模仿能力，北方的任何一种鸟都难望其项背。他平日里的叫声强劲有力，但如前所说，并不十分悦耳，像是在说“岂可——啊咧——岂可”，一边叫一边藏在

---

① 杆（rod），英制长度单位，等于5.5码，约5.19米。——译者

低矮浓密的灌木丛里，巧妙地避开你最机警的搜寻，仿佛在和你玩游戏。不过到了七八月份，倘若与森林诸神相处融洽，你将有幸见识到一场极为罕见、艺术性极高的表演。起初你会以为那丛杜鹃或那簇湿地越橘里藏着三四只不同的鸣禽，个个想争当领唱。如此丰富的混杂音律，包括了田野和森林里半数鸣禽的音符特征，再无比清晰、异常快速地倾吐而出，我确信你只有在纯种小嘲鸫（mockingbird）[①] 的聚居地才有可能领略。即便不是完全的、精确的复制，那里面至少也有像极了知更鸟、鶺鸰、灰嘲鸫（catbird）、扑翅䴕、金翅雀和歌带鹀叫声的音符。那模仿歌带鹀的啾啾声简直出神入化，我敢肯定连歌带鹀自己都会信以为真；而且整个吐音过程承接得如此迅速，好像一段曲调的尾音动作必得同时发出下一段曲调的起始音符才行。如此产生的效果极为丰富，在我听来也是全然独特的。表演者十分谨慎地隐藏着自己的踪迹，但他的歌声里有一种有意为之的气息，让我产生了他已知道我的存在、知道自己已赢得注意的

① 又译“模仿鸟”“反舌鸟”“知更鸟”，以善于模仿著称。——编者

印象。从中可察觉到骄傲、欢乐的调子，偶尔还夹杂着诙谐的打趣。我相信只有在极少的情况下，当他面对听众抱有自信时，才会以此方式炫耀自己的才华。要想找他，高树密林是不行的，要在蠓蚊聚集的湿地周围，找那些茂密的矮灌木丛。

冬鹪鹩也是出类拔萃的歌者，说到这位也不免盛赞之辞。他不像白眼霸鹟那样深谙自己的力量且对效果追求甚高，但他的歌声带给你的震撼和愉悦丝毫不逊。除了鹪鹩公认的滔滔不绝、细碎繁琐之外，他还具有极少与这两个特点并存的一种野性、甜美而又富有节奏的抑扬顿挫，让人着迷不已。忘不了那个美妙的六月天，我在一片古老的矮铁杉（hemlock）林里悠闲漫步，走在教堂般静谧的林间道上，凉爽和新鲜似乎是永恒之福；忽然，一阵快速不绝的鸣啭打破了寂静，又带着那般野性的、森林里的婉转气息，竟让我听得呆住了。那位小小吟游诗人多羞涩啊，我两度进入树林，才终于弄明白是谁在唱歌。在夏天，他属于那类隐藏在北方深林里的鸟，就像带斑加拿大威森莺（Canada warbler）和隐夜鸫（hermit thrush），只有幸运的人才能耳闻其声。

植物在某一特定区域内的分布和鸟类的分布一样明确清晰。植物学家面对一片风景，能告诉你去哪里找寻仙履兰（lady’s slipper）、耧斗菜（columbine）或圆叶风铃草（harebell）。同样地，鸟类学家会指点去哪里找绿莺雀（greenlet）、林雀鹀或棕胁唧鹀（chewink）。在同一纬度、同为内陆但地理构成和林木种属不同的相邻国度，你会发现截然不同的鸟类。我在长着山毛榉和糖槭的地区，找不到据我知道在橡树、栗树、月桂的生长地区会有的鸣禽。从某个老红砂岩地区走到一片古老的深成岩上，不足五十英里的距离，我在林子里没见到棕夜鸫（veery）、隐夜鸫、栗胁林莺（chestnut-sided warbler）、黑喉蓝林莺（blue-backed warbler）、黑喉绿林莺（green-backed warbler）、纹胸林莺（black and yellow warbler）等，取而代之的是棕林鸫、棕胁唧鹀、橙尾鸲莺（redstart）、黄喉地莺（yellow-throat）、黄喉莺雀（yellow-breasted flycatcher）、白眼霸鹟、鹌鹑和斑鸠（turtle-dove）。

在我居住的高地乡村，鸟类的分布异常鲜明。我总能在村子南边发现某一特定种类，在北边发现另外一种。

只有在一处长满杜鹃和湿地越橘的地方，肯定能找到黑枕威森莺（hooded warbler）。在繁茂的山胡椒（spice-bush）、金缕梅（witch-hazel）和桤木（alder）丛里，我遇见了食虫莺（worm-eating warbler）。在一块人迹罕至的林间空地上，长满了石南和蕨类植物，间或夹杂着一株栗树或橡树，七月我常去那里听林雀鹀歌唱，归途中经过一小片浅水塘时，总能看见灶莺。

我活动的区域范围内，只有一个地方似乎能吸引所有鸟类来客，资源几乎足够你研究本州的所有鸟类。那是一片岩石地带，很久之前被清理过，但现在又急速退回自然的野生疯长状态，呈现一派鸟类和男孩们钟爱的半垦半荒景象。那里两侧分别邻着村庄和公路，在多处与马车道交叉，又有通往四面八方的小路和岔道，成天总见大兵、农场工人和旷课的顽童经过。由于远远地躲开了斧头钩刀，那一排排散乱生长的雪松、月桂和黑莓，竟得以与远方的森林山峦你呼我应起来。这片土地上主要长着雪松和栗树，也有很多石南和悬钩子（bramble）灌木丛，不过最大的特点在于中心地带植物的繁茂多样，那里有山茱萸（dogwood）、水青冈（water-beech）、沼泽岑木（swampash）、桤木、山胡椒、榛树等，以及大片缠绕着的菝葜属植物和河岸葡萄（frost grape）。一条用做邻近沼泽排涝渠道的小溪蜿蜒淌过这片杂乱的林子，即便难说滋养了整片树林，至少也造就了这里大部分的特征和物产。不喜石南或雪松、栗树的鸟，肯定有理由造访林子中央这块混杂生长区。大多数常见鸟类群集于此；我在这里也见过很多珍稀品种，如大冠蝇霸鹟（great-crested flycatcher）、孤莺（solitary warbler）、蓝翅虫森莺（blue-winged swamp warbler）、食虫莺、狐色雀鹀（fox sparrow）等。由于毗邻村庄，这里没有食肉猛禽，蝇虫倒有无数，这是任何惧怕鹰隼、爱好和平的鸣禽都不会等闲视之的优越环境，因此就成了颇受欢迎的胜地。

但在所有这些知更鸟、霸鹟和莺鸟当中，最大的荣光当属棕林鸫。除了知更鸟和灰嘲鸫，就属他数量最多，每一块岩石上、每一丛灌木里都有他的身影。五月份刚露面时他还有些害羞内向，没到六月底就已变得温顺熟络了，不是在你头顶上方的树上、就是在你前面几步远的石头上唱歌。附近一栋避暑宅邸门前有一片空地，一对棕林鸫甚至在距离那里只有十来英尺的地方筑巢育儿。不过当客人到来时，屋前广场上开始挤满欢乐的人群，我注意到鸟妈妈举止间显出某种惶恐和不安；她谨慎而安静，惯于一语不发地长时间坐在离宝贝幼鸟几英尺的地方，照此看来，这可爱的造物似乎已下定决心，要尽量避免一切注意。

若以旋律的优美程度来检验，棕林鸫、隐夜鸫和棕夜鸫当之无愧位于鸣禽排行榜中的最前列。

小嘲鸫无疑拥有最广泛的纯正才艺、最全面的表演能力，每次聆听都会带给你全新体验；但他终归只是一个模仿者，永远不会有隐夜鸫那样的超然之美和高尚气质。听小嘲鸫的鸣叫，我最大的感受是敬佩，尽管刚开始少不了又惊又疑。那么多迥然不同的音符都出自同一副嗓子，这是奇迹，我们看他表演时的感受类似于目睹运动员或体操选手惊人技艺时的心情——但仅此而已，虽然他的许多模仿音调完全再现了原版的清新与甜美。相比之下，那些鸫鸟的歌声所激发的情感属于更高境界，源自我们对这个世界的美与和谐最深层的感知。

棕林鸫无愧于加诸其身的一切赞誉，且要远甚之。

对比其欣赏者的数量，他的亲戚及同类——隐夜鸫——受到的冷遇实在让人惊愕。威尔逊和奥杜邦[1]这两位伟大的鸟类学家都对前者大加褒扬，对后者的鸣啭却甚少或全无评论。奥杜邦称其有时还算悦耳，但显然他从未听过。不过我高兴地发现，纳托尔[2]在这个问题上更具辨识力，给予了隐夜鸫更充分的公正评价。

隐夜鸫是一种极罕见的鸟，性情十分羞涩孤僻，生活在中东部各州，唱歌的季节只会躲在最深幽荒僻的老林里，通常位于湿地和沼泽地带。正因如此，阿迪朗达克山区的人称之为“沼泽天使”。如此彻底的遁世隐居，怪道人类普遍不甚了解。

其歌声与棕林鸫的极为类似，即便是经验丰富的观鸟者也很容易把二者混淆。但如果同时听，差别就很明显了：隐夜鸫的歌声调儿更高，更脱俗不羁。他以银号为器，躲在最隐秘的地方吹奏。棕林鸫的歌声则更曼妙悠然，听上去像是出自某种少见的弦乐器。一般人会认

① 约翰·詹姆斯·奥杜邦（John James Audubon，1785—1851），美国鸟类学家、画家和博物学家。

② 托马斯·纳托尔（Thomas Nuttall，1786—1859），英国博物学家、植物学家。

为，如果棕林鸫愿意纵情发挥，他的影响范围和力量也许会更大；但综合来看，相比于隐夜鸫纯净、祥和、圣歌般的天籁之音，棕林鸫还是稍逊一筹。

不过，只听过棕林鸫歌唱的人很可能认为他在业内首屈一指。他确实堪称一位王室诗人，并且在整个大西洋沿岸地区广泛分布，因此或许在所有鸟类中，他对我们平常听到的林间奏鸣曲贡献最多。你或许要说他的调音时间过长，可是他随意不定的调试恰恰显示了其嗓音独特的音域及力度。

我认识的鸣禽中，除了金丝雀（canary），就只有他在发挥自己的音乐天赋时会表现出不同的熟练程度。不久前的一个周日，我和同伴正走在一个挨着树林的果园边儿上，就听到了这样一只，他的叫声明确无误地胜过所有对手，就连平常对这类事情反应迟钝的同伴也忍不住好奇赞叹；我们不约而同地驻足细听这位罕见的歌者表演。相比于音色特征，他的表现差异更多在于音符数量。简直就是喷涌而出，连绵不绝。前奏悠长、奋进、振人心脾！如此突然而至狂喜异常的序曲，就连最木讷的耳朵都会为之陶醉。他确实是一位无可匹敌的大师级艺术家。之后我又听了两次，才意识到那歌声出自同一歌者。

棕林鸫是鸫科中最俊美的一种。论仪态的优雅精致，他无与伦比；气质儒雅，飞翔和移动时的从容自如无可效仿。他一言一行皆成诗文，举手投足均是美态，连捉甲虫或从泥里叼虫这样最寻常的动作，由他做来都像智言妙语般赏心悦目。他可是昔日的王子，转世时还保留着王族的神采风范？他的体形多么协调，色彩简洁却那么浓烈——背部是明亮的赤褐色，前胸雪白，带有明显的心形斑点。我们对别的鸟或许都有微词：知更鸟聒噪又好炫耀，会急忙飞走或一边恼怒地叫着一边飞上树枝，带着粗鄙的疑心扑扇着翅膀；褐弯嘴嘲鸫像罪犯似的鬼鬼祟祟，躲在繁茂的桤树枝里；灰嘲鸫不但好卖弄风情，还是个长舌妇；棕胁唧鹀像日本人一样偷窥你的一举一动，尽显冷淡。但棕林鸫身上完全没有这些缺乏教养的毛病。他或者不加防备地向我致意，或者态度矜持且高贵地婉拒我——如果我保持安静不过分好奇，他还会友善地跳上前，像是要和我打招呼或者想和我结识。我曾从他的巢下经过，离他的妻儿仅数英尺，他坐在旁边的树枝上目光犀利地盯着我，但并未开口；可是我刚一朝着他毫无防备的家园抬起手，他就怒气冲天，那样子甚为美妙。

他的傲气是多么高贵骄人啊！不久前的十月，我一连几天都在旁边的树林深处见到一只棕林鸫，而那时他的爱侣和同伴都已南飞多日了。他悄无声息地四下跳跃，表情十分严肃，不言不语，似乎因违背了某些尊严原则之故正在自我惩戒。经过多次小心翼翼的迂回靠近，我才发现原来他的尾羽还有部分尚未长成。想必这位森林王子不能允许自己在如此窘态下回朝，所以选择在飘零的落叶和凄冷的秋雨中，耐心等待自己的时机到来。

棕夜鸫柔和纯净的笛音在森林合奏曲中的作用，相当于栗肩雀鹀在田野大合唱中的作用。他和夜莺一样惯于在傍晚唱歌——实际上所有鸫鸟都有此习性。在温暖的六月黄昏，距离树林还有五十杆远的地方，就能听到他们轻柔的反复鸣啭，从十几副嗓子里同时发出。

那是一种极简单的曲调，简单到像一条几何曲线，它带给人的愉悦来自它所包含的纯粹的和谐与美，而非什么新奇或华丽的变调，因此也就完全不同于像刺歌雀那样快活而吵闹的鸣禽。那些鸟让我们感到愉快，是因为他们铃儿般的清脆鸣叫，言语和发音上的出色才能，以及表演者身上显而易见的自负与欢乐。

对于灰嘲鸫，我不知道自己是欢喜多一点，还是着恼多一点。可能她有点过于普通，而且在大合唱里的表现又有点太张扬。你正努力从合唱中辨识另外一种鸟的声音，可她指定会想方设法成为声音最响、拖音最长的那个，淹没其他所有声音；你想安静地坐下以便仔细观察偏爱的鸟类或者新遇的鸟种，可她偏偏不知收敛好奇心，从各个方位审度你、讥讽你。不过我也不会忽略她；只是将她稍微降格，让她别那么惹眼而已。

灰嘲鸫

她是森林里的俳谐诗人，歌声里总暗藏着一丝玩笑似的、戏谑的、半嘲讽的调子，像是在有意模仿并以此迷惑某些她妒忌的鸣禽。虽然在歌唱方面很有抱负，私底下还排演练习，但她似乎是所有森林诗人中最缺乏真心实意的一位，就好像她选择音乐只是为了追求时髦，或者为了不输给知更鸟和鸫鸟。也就是说，她唱歌是出于某种外部动机，而非内在的愉悦。她是个不错的韵文家，但称不上伟大的诗人。她的表演活泼、欢快、丰富且不失精妙，但缺乏任何突出的、宁静的旋律，如梭罗笔下松鼠的叫声一样，总需要有观众捧场。

但她的歌声里确有某种优雅气质，类似俗世中一位大家闺秀的轻快谈吐，值得赞赏。她的母性本能同样非常强烈，那个用枯枝和干草搭起来的简易建筑物是她忧心的重点。前不久，我正在林子里散步，忽然被一阵大声叫唤吸引了注意力。在一些野蔷薇、悬钩子和常青菝葜丛中间，有一小块植被茂密的沼泽地，从那里传出阵阵惊恐的呼喊，提示着某种可怕的灾难正威胁着我那一身暗色的吟游诗人。我想弄出一条通道过去，为此不得不脱掉外套、摘下帽子，好减少受荆棘和悬钩子阻挡的面积。最后终于到达一块一平方码大小的干地，我四下环顾，发现自己正在目睹一幕又恶心又神奇的场景。距我三四码开外即是鸟巢，巢下方盘踞着一条长饰带般的大黑蛇；一只长到三分之二大小的幼鸟，正一点一点消失在他张开的大口里。他似乎并未觉察到我在场，我便一动不动地在那里观察进展。他缓慢地把鸟裹进翕张自如的大嘴里；把头放平，脖子扭动着、鼓胀着，闪着光泽的躯体上下起伏了两三下，这便完事了。接着，他小心谨慎地抬起身，嘴里的信子还在泛光，一边曲身朝向鸟巢，伴随着轻微的波状动作，仔细检查内部。我想象不出，对于毫无防备的鸟家族来说，还有什么比自家头顶上方突现大敌的头颈更可怕；这情景足以让他们魂飞魄散。在巢内搜寻未果，他便滑到低处的一根树枝上，开始朝其他方向扩大搜索范围，鬼鬼祟祟地在枝丫间游走，打定主意要逮住一只成鸟。一个没腿没翼的生物，在通常认为只有鸟和松鼠才能施展自如的地方，行动居然可以如此轻松敏捷，一会儿抬身，一会儿俯身，顺着柔软的树枝爬行，以不可思议的速度交叉穿过整片茂密的灌木丛，这不能不让人称奇。我想起那个最古老的神话，想起撒旦和“我们一切苦难的根源”，不由好奇魔鬼现在是否正在自己面前续演他的恶作剧。称他为蛇或魔并不重要，只是我不能不赞叹他那可怖的美：黑色光亮的表皮，轻松自如的滑行动作，头高昂着，眼放着光，信子闪动如一团暗焰，当然还有使他几乎如翼在身的那种神秘的移动方式。

与此同时，成鸟夫妇一直在痛苦万分地叫着，时不时愤怒地扑打着翅膀在猎食者周围盘旋，甚至当真用喙和爪揪住敌人的尾巴。蛇遭此袭击时，会猛地将身体对折，顺着自己的身体向后发动一次战略攻击，几乎就要让猎物动弹不得、束手就擒了。不过还是差一点。没等他把这垂涎已久的猎物吞进嘴里，成鸟拼死挣脱，明显还惊魂未定，便飞到一处高枝上去了。他素来闻名的震慑力量这次没什么效用，不过倘若换成一只更弱小、不那么好斗的鸟，很可能已经中了那个致命的魔咒。过了一会儿，他正顺着一棵歪桤树的细干往下滑的当口，被我一个轻微的胳臂动作吸引了注意力；有那么一刻，他用那种我相信只有蛇和魔鬼才做得到的蓄势待发的、纹丝不动的眼神直盯着我，然后快速转过身——这让他看上去就像是从自己身上爬了过去——穿过树枝游走了，显然在我身上认出了曾经被他使诈毁掉的那两个远古人类。之后又过了片刻，当他随意地躺在一棵繁茂桤树的顶端，凭着柔软、光亮的外形努力想让自己看似一根弯曲的树枝时，人类古老的复仇心袭击了他。我动用了我的禀赋，瞅准方向扔过去一块石头，迫使他打着卷扭动着回到地面上。在我击退他并使这里恢复了部分宁静之后，失去至亲的家庭里另外一只半长成的幼鸟从躲藏处现身，跳上一根枯枝，兴奋不已地叫着，无疑是在欢庆胜利。

到七月中旬，鸟类中出现了一种整体的均衡；回归大潮落定，节日气氛并未消减。但随着万物在漫长的夏日里迈向成熟，旋律逐渐停歇了。出巢的幼鸟需要照看，换毛期也已临近。当蟋蟀开始在窗下单调地重复他的唱词时，你恐怕要到来年才能再次听到棕林鸫那无可媲美的妙音了。刺歌雀变得忧心忡忡、焦躁不安，当你接近他的巢时，他会一阵呵斥责骂，其间还迸出一些音乐片段，看来既担心幼鸟的安危，又挂念自己的歌唱声誉。有些雀鹀还在唱歌；偶尔，从焦热的田野对面，林边的一株高木上，会传来猩红丽唐纳雀圆润的音符。这种身披热带色彩的鸟顶喜欢酷热天气，我甚至在三伏天里都能听到他唱歌。

夏季余下的时间是燕子和霸鹟的狂欢日。苍蝇和昆虫要多少有多少，捕食的机会也大大增加。看那边树枝上那只表情严峻的灰胸长尾鹟。他是一名真正的运动健将，从来不去捉正在休息的猎物——只捉飞行中的那些。你这四处飞窜的苍蝇，你这半盲的蛾子，看你们如何落入他的掌握！你看他的神态，他奇特的头部动作，他的“眼睛在灵感的热狂中只消一翻，便可从天堂看到人世，从人世看到天堂”[①]。

他观察精准，目标明确。一转念间，他已捕得猎物回到原位。没有争斗，没有追逐，一击了事。相比之下，你会发现那只小雀子就没这么娴熟了。那是只棕顶雀鹀，他依靠各类植物种子和昆虫幼体就能活得很好，但偶尔也会有更高的志向，想效仿灰胸长尾霸鹟去逮甲虫或蛾子，结果以一场拙劣的逐猎开始并同时终结了他

① 语出莎士比亚《仲夏夜之梦》，第五幕，第一场。原文描述诗人。译文参考梁实秋本。——译者

作为霸鹟的生涯。他这会儿正在草地上四处寻觅，我猜就是为了实现那个美妙的憧憬。看那儿！机会来了。前面飞的是一只淡黄色的小草地螟，尽其所能地左躲右闪，后面追的是棕顶雀鹀。整场较量就像一出喜剧，虽然我敢说这对草地螟来说是件极严肃的事。一逃一追持续了几码的距离，这时逃命的那方忽然冲进草里躲藏，须臾又飞了出来，此时搜捕的那方已非常接近，但螟蛾已然缓歇过来。棕顶雀鹀恼怒地叫着，下定决心不能落败。他几乎毫不费力地紧跟着猎物，几度作势要将其一举拿下，却总是不能得手。这样一会儿沮丧一会儿欢喜的，他很快就恼了，于是作罢，重新去寻更适合自己的食物。

相比于雀子和螟蛾之间这种半闹剧性质的追捕，灰背隼（pigeon hawk）追雀子或金翅雀就完全是另一番景象了。那是一场惊人的速度与灵敏度的竞赛，是对翅膀和气息的测验。每一块肌肉都紧绷着，每一根神经都拉扯着。被逐的鸟惊惧万分呼喊不止，左避右闪，拼了命地试图逃脱；逐鸟的隼沉默坚定，紧追不舍，根据猎物的动作精确而不懈地施展、扭转、调整自己的动作，好像二者本就同体。这情景让观者看得揪心不已，忍不住爬上篱笆或冲到屋外一睹究竟。鸟的唯一出路是采取草地螟的战术，迅速寻找树木、灌丛或树篱的掩护，因为在这些地方较小的体形能保证更快的移动。猎食者深知此理，所以更希望将猎物一举捕获。你也许会看见某只猎食者正小心翼翼地穿过果园，黄林莺（yellowbird）在他身边一边盘旋一边语调凄惨地叫着“可——怜，可——怜”；但他并不理会，因为他知道——黄林莺也知道——他们在浓密的枝叶里就像在金城汤池里一样安全无虞。

八月是高翔鹰隼的时节，其中以库氏鹰（hen-hawk）最为突出。他喜爱漫长温煦的白天里升腾着的薄雾和那份安宁，属于很悠闲的那类鸟，好像无论何时都不慌不忙。他的动作美妙而壮观，那样轻松自若，丝毫不显忙乱，划下无比优美的圆形和螺旋轨迹；他带着君临天下般的风范，有时还做出极惊险的高空变化。

缓缓地，悠然地，几乎不用振翅，他沿螺旋轨迹不断攀升，直至身形变成夏日天空下的一个小点儿。接着，如果兴之所至，他会将双翅半合作弯弓状，然后几乎是完全垂直地劈开空气向下俯冲，似乎存心要把自己在地上摔个七零八碎。但就在接近地面那一刹那，他猛地展开翅膀再次拔高，像是在空气上弹了一下，继而不紧不慢地飞走了。这是这个季节里最让人叹为观止的表演。观众屏息凝神，直到看见他再次凌空才松了一口气。

如果要进行一次不那么惊险的渐进式下落，他会将视线固定在下方大地上远处的某个点上，并朝着那个方向飞行。他的速度和无畏依然堪比陨星滑落。你能看见他划过天际时的轨迹，笔直如线；离得近时，能听见他翅膀的急速扑动。他的影子快速掠过田地，片刻之后，你就看见他安静地停在沼泽地或草地的矮树或枯枝上，嗉囊中还留着青蛙或老鼠的余味。

南风吹起的时候，常常能看见三四只这样的空中王者在山谷入口处远远地朝山上飞，他们在强气流下摇晃着保持着平衡：此时近乎完全静止，只有类似走钢丝的人保持姿势时的细微颤动，彼时又上下起伏剧烈，像是完全把自己交由风来处置；或者，再次凌空，高过山巅，不狂不躁，只偶尔如前所述表现出骇人的急切和高速。就算在飞越人类头顶时遭射击，除非受伤严重，否则也并不会改变飞行路线或姿势。

库氏鹰的飞行是动中有静的完美典型，其视觉震撼力超过了鸽子甚至燕子的飞行，因为他飞时用力极为均匀巧妙，让人几乎看不出来动作，因此就产生了一种失重感和永恒感；不是有意使力，而是让力量自然流淌。

这种鹰在受到乌鸦或王霸鹟攻击时表现出的镇定和自尊非常合乎其身份。他几乎不去费神留意那些聒噪恼怒的对手，只是优雅地划着螺旋一直往上，再往上，直到他的逐猎者变得晕头转向只好返回地面。这种对付不值得纠缠的敌人的策略确实非常独特——兀自升到高处让自负的尾随者眩晕迷乱不战而退！不过我并不确定这值得效法。

然而夏天终究还是渐行渐远，秋天来了。播种时节的鸣禽到收割时节都收了声，其他歌手开始献唱。昆虫迎来全盛期。乐音是白昼的华盖；所有春夏时节的歌声似乎都被柔化修饰，飘浮在上层气流里。鸟儿脱下盛装，换上新衣，把头转向南方。燕子成群结队地飞走了；刺歌雀成群结队地飞走了；悄然无声地，鸫鸟也飞走了。秋天到了，从北方带来燕雀、莺鸟、雀鸦和戴菊(kinglet)。鸟儿的队列安静地经过。那只安然消失在天际的鹰，代表了那个刚刚逝去的季节，以及所有正在离去的鸟类。

一八六三年

隐夜鸫

第二篇
铁杉林中

大多数人，在听闻每年造访我们这里的鸟类数目时，都会表示怀疑。只有极少数人能够注意到哪怕半数在自己生活的区域内过夏的鸟类。在林中行走时，我们不会去想自己正在侵犯谁的隐私，也不去想那些来自墨西哥、来自中南美洲、来自海洋诸岛的罕见而俊美的候鸟，正在我们头顶的树枝上庆祝重聚，或是在我们前方地面上自寻其乐。

我忆起梭罗想象他在斯波尔丁（Spaulding）家的树林上殿见到的那户名门贵族。[①] 斯波尔丁并不知晓他们住在那里，而且，当斯波尔丁吹着口哨赶着牲口从树林底厅经过时，他们也并未感到受到打扰。他们不喜社交，他们生活美满，他们儿女成群，他们不纺不织；从他们那里传来的声音听起来像一阵压低的欢笑。

我以为，这位森林居士所描述的只是鸟类的一个妙处，虽然我注意到，当斯波尔丁的马车发着辘辘声穿过他们的厅堂时，他们有时确会备感困扰。但总的来说，他们对斯波尔丁并不在意，反之亦然。

那天在一片古老的铁杉林中散步时，我数出四十多种这些夏季飞来的候鸟，其中许多在附近别的林子里亦很常见，但也有为数不少是这些幽僻老林所独有

---

① 出自梭罗（Henry David Thoreau，1817—1862）的一篇散文《漫步》（Walking）。斯波尔丁是康科镇一位居民。这里引述了梭罗在此人农场上漫步时对所见鸟巢的想象。——译者

的，还有几种无论在哪里都很少见。这么多种鸟栖息在一片树林里是很不寻常的，况且这林子也不大；他们大多在那里筑巢过夏。我观察到的这些鸟中，有很多通常是在更偏北的地方过夏的，但鸟类的地理分布很大程度上取决于气候。同等温度下，即便纬度不同，常常也会吸引同样的鸟；海拔差异等同于纬度差异。三十度纬线位置上的一个特定海拔高度，可能跟三十五度纬线上的地方气候相同，动植物群也类似。我此刻所在的特拉华（Delaware）河源头地区与波士顿在同一纬度，但由于海拔要高得多，所以气候其实与本州及新英格兰的北部地区更为接近。驾车往东南方向行上半日，温度就截然不同，地质构造年代更加久远，林木不同，鸟类不同——连哺乳动物的种类都不同。我生活的地区可没有小灰兔和小灰狐，有的是大北美野兔和赤狐。过去一个世纪里有一群海狸居住在此，不过现在就连最老的居民也找不到他们的传统筑坝地点了。我打算带读者前往的古老铁杉林，不只包含着丰富的鸟类。实际上，鸟种方面的富足，毫无疑问应主要归功于那里茂盛的植被，多产的沼泽，以及幽暗、遮蔽的隐秘地带。

此间的历史是一部英雄史。尽管有制革商为了树皮而大举掠夺，木材商纵情砍伐，移民者肆意蹂躏，但其精神始终不屈，能量始终未滞。没几年前，一条公路穿林而过，但此路一直难称顺畅：树木斜躺其上，淤泥和树干将其完全阻断，直到行人终于领悟其意，自动绕行。现在这条路上人迹罕至，沿途只能看见浣熊、狐狸和松鼠的足迹。

大自然钟爱这树林，为其加上了自己的封印。她在此向我展示了蕨类、藓类和地衣的效用。土壤因之丰厚肥沃，长满无边树林。站在这些散发着芬芳的林间道上，我感受到了植物王国的力量，对我周围悄然进行的深沉而神秘的生命流转心怀敬畏。

现在没有使用斧子或铲刀的恶人光顾这些幽僻地带。牛穿行时走的是半隐半现的小道，他们也知道哪里有上等的食料。春天，农人到树林边缘的糖槭树上采糖；七八月份，整个农村地区的妇女和男孩都钻进老采皮区去摘覆盆子和黑莓。我还知道有个年轻人顺着林子里流淌缓慢的溪流，一心寻觅鳟鱼。

在这个晴朗的六月早晨，我也带着同样机敏而快活的精神头儿，出发去收我的庄稼了——不过我收获的，将是比糖更美味的甘甜，比浆果更可口的果实，是能提供不同于鳟鱼之味的另一种猎物。

在所有月份里，六月是鸟类学学生最不能错过的。此时大多数鸟都在筑巢，他们歌声圆润，羽衣丰满。要怎么去认识一只无歌的鸟儿？我们难道不是得先等陌生的来客开口吗？在我，不听到鸟的声音就无法了解对方，听过之后就立刻与之亲近起来，这只鸟于我而言也有了人情味。我已在林子里见过灰颊夜鸫（grey-cheeked thrush），也曾将他捧在手心，可依然不了解他。雪松太平鸟（cedar-bird）的沉默给他罩上了一层神秘色彩，单凭他的俊朗外表和在樱桃成熟期的偷摸行为，我无法破解谜团。鸟的歌声里，包含着认识其生命的线索，能在歌者与听者之间建立起共鸣和理解。

我下了一道陡坡，穿过一大片糖槭林，朝铁杉林走去。相距还有二十杆远的时候，就听见树林边缘全是红眼莺雀（red-eyed vireo）的叽叽喳喳，那声音高兴快活得就像学童轻快的口哨。他是我们这里最常见、分布最广的鸟类之一。从五月到八月，在中部或东部的任何地区，不论天气如何，于任何时候走近任意一片林子，听到的第一声鸟鸣都极有可能出自他之口。无论晴天雨天，午前午后，在深林里或是在村庄小树林里，无论天气是不是让鸫鸟觉得酷热难耐或者让莺鸟觉得寒风刺骨，我们这位吟游诗人从来不认为时机或地点失当，随时都在纵情欢唱。在阿迪朗达克的深山里，鸟踪难觅，鸟鸣更少，可红眼莺雀的歌声几乎无时无刻不在我耳边萦绕。他总是忙活着，一刻不得拖延地施展自己的音乐才华在他是头等大事；他唱的是勤奋与满足之歌。其表演中没有什么婉约或特别优美的旋律，但传达出来的情绪还是以欢乐为主。事实上，大部分鸟的叫声中都包含着某些人性意味，而且我认为，这些意味正是我们能从他们身上获得快乐的缘由。在我听来，刺歌雀的歌声表达了喜悦，歌带鹀表达了信念，蓝鸲表达了友爱，灰嘲鸫表达了骄傲，白眼霸鹟表达了自觉，隐夜鸫表达了精神的平和；知更鸟的叫声里则有些尚武特征。

有的作家把红眼莺雀归为霸鹟，但他其实更像是食虫鸟，而且基本没有鹟属（*Muscicapa*）或纯种莺属（*Sylvia*）的特征或习性。他有些类似歌莺雀（Warbling vireo)，粗心的观鸟者常把它们混淆。二者的鸣啭中有着同样欢快的调子，但歌莺雀叫得更持久更快速。红眼莺雀体较大且修长，冠呈淡蓝色，眼睛上方有浅浅的一道纹。他的动作独具一格。你会看见他在枝干之间跳跃，检查树叶背面，左顾右盼，忽而飞出去几尺远，忽而又蹦上几尺，鸣啭不绝，有时音调低沉，听上去仿佛来自无限远的远方。如果发现了中意的毛虫，他就纵起直冲虫躯，先用喙啄击头部，再一口吞掉。

就在我进入树林时，一只灰色型雪鸟（slate-colored snowbird）忽然跳到我面前，厉声叫着。受到如此打扰，他的抗议之激烈简直堪比铿锵重击。他在这里繁殖，实际上一点都不符“雪鸟”之名，因为他和歌带鹀一样，冬天刚一临近就销声匿迹了，到来年春天才返回，无论如何都与冰雪严寒沾不上关系。不同地区鸟的习性果真是大相径庭。就连乌鸦都不在这里过冬，在十二月之后至三月之前基本全无影踪。

雪鸟又被农人称作“黑斑雀”（black chipping-bird），他是我知道的地面筑巢匠里最杰出的建筑师。他的巢通常筑在靠近树林的路边低沿儿上，那精密的结构本身位于一个浅凹处，入口半遮半掩，由于大量使用牛马的鬃毛，内部既匀称牢固，又柔软无比。

我从槭树的华盖下走过，将将停下来看松鼠三兄弟——两灰一黑——在一旁玩闹，又越过一道年岁久远的灌木篱，终于进入古老的铁杉林，置身于一个最天然原始、未染尘俗的隐秘之地。踩在厚实的苔藓上，我的脚步轻软无声，在近乎神圣的幽暗光线里，我的瞳孔不由放大。可是那不知谦恭的红松鼠，看我近前却一边跑一边偷笑，或是用滑稽的喋喋不休和欢蹦乱跳，故意嘲弄这里的静谧。

这个隐秘之地是冬鹪鹩选中的地盘。在附近地区，我只在这个地方、只在这些林子里见过他。他的声音充盈在这些幽暗的林间拱道，像是有神奇的共振板相助。就这样一个小巧的鸟类身躯而论，他的叫声雄厚有力，而且以惊人的协调融合了华丽与哀婉这两个特征。那是一副微颤着振动的金嗓子。从歌词的连绵不绝中，你也许听得出来这是鹪鹩的歌声，但你必须目光犀利，才能见到这个小东西，尤其当他正在唱歌之时。他的体色接近地面及树叶的颜色；他从来不攀高枝，只在低处活动，或是在短桩、树根间来回跳跃，或是在藏身处内外躲闪，对所有侵入者都严加防备。他的外表别致得近乎喜感：尾巴竖起，与其说是垂直，不如说是直指头部。他是我知道的鸟类中最不爱炫耀的歌者，唱歌时一点不惺惺作态，不会先抬头挺胸做个预备动作，再煞有介事地清清嗓子；相反，他只是坐在一根原木上，眼望前方，有时甚至盯着地面，一心一意地倾吐他的音乐。作为歌者，他鲜有敌手。七月的第一周过后，我就听不到他的声音了。

我正坐在这根苔藓厚实如铺软垫的原木上，嚼着味酸而刺激的酢浆草（wood-sorrel）。这种植物的花朵大且有粉色纹脉，在覆着苔藓的地上开得到处都是。一只棕色的鸟倏地掠过，停在几杆外的一截短枝上，冲我打招呼："唷！唷！"或是："嘍！嘍！"像极了人们唤狗时的口哨声。看他动作任性而优雅，胸前隐约带有斑点，我判断是只鸫鸟。过了一会儿，他吐出几个柔和婉转如笛声的音符，所有旋律中最简单的表达形式之一，接着疾飞而去。这时我看清楚了，是一只棕夜鸫，又称威氏鸫（Wilson's thrush）。他的体格为鸫鸟中之最小，和普通蓝鸲差不多，与同类的最大区别是胸前的斑点略为模糊。棕林鸫是白底上衬着清晰鲜明的卵形斑点；隐夜鸫身上斑点更偏线形，底为淡淡的月白色；到了棕夜鸫这里，那些标记几乎消失殆尽，几杆距离开外，他胸前就只见一片暗黄。若想细看一番，你只需在他的栖息地里坐着即可，因为那样他似乎也会迫不及待，想好好观察一下你。

从那些高高的铁杉树上传来宛如虫唱的优美鸣啭，偶尔可瞥见细枝微颤或者鸟翼掠过。我看了又看，直到头开始发晕，颈部险些永久错位，也没看出个所以然来。片刻之后，那鸟儿为了捉一只苍蝇或者飞蛾，向下跳跃了几英尺距离，不过看上去好像是跌下来似的，这时我才得窥全貌，但由于光线暗淡，并不能确定。值此关头，枪就派上用场了；我随身带着枪，就是为了应付这样的情况。一鸟在手抵得上众鸟在林，对鸟类学研究而言也是如此；不杀生、不采集标本，就无法在研究上取得切实、快速的进步。从习惯和神态来判断，这是只莺鸟，简单明了；但到底是哪一种莺呢？仔细观察，叫出他的名字：喉和胸为深橙色或火焰色，眼睛上方的纹和冠也是同样的颜色，背部黑白相间。雌鸟色彩不及雄鸟鲜艳夺目。看来“橙喉莺”当是个合适的名字，这是特征命名；等等，不对，他注定要背负着某个发现者的姓氏，也许是第一个劫掠他的巢或掳走他伴侣的人——比如布莱克本；因此，他的名字是布氏莺。① 名字里的“burn”看起来再贴切不过，因为在这些幽暗的常青灌木丛里，这种鸟的喉和胸确实宛如一团火焰。他的鸣啭煞是动听，类似橙尾鸲莺的叫声，但并无特别的旋律。我在附近别的林子里从未见过他。

我又被此地另外一种鸣啭声吸引住了，同样经历了一番周折才看清那位歌者。他的叫声特征鲜明，尖利且带有咝咝声，在这些古树中间听来十分悦耳。在高地的山毛榉和槭树林里，要比在这些隐秘之地更常听到。把这鸟儿捧在手里时，你会忍不住赞叹：“真漂亮啊！”如此娇小优雅，这是莺鸟中体型最小的一种：娇美的蓝背，两肩之间有一个淡淡的青铜色三角斑点，上喙为黑色，

① 布氏莺（Blackburnian warbler），正式译名为橙胸林莺，英文专名以英国博物学家安娜·布莱克本（Anna Blackburne，1726—1793）的名字命名。英文中“burn”意为燃烧，此处双关。——译者

下喙为金黄，喉呈黄色，至胸部变为古铜色。他名叫黄背蓝莺（blue yellow-backed warbler）[1]，但所谓的黄其实更接近青铜色。他娇柔美丽，是我认识的莺鸟中最小巧也最俊俏的。在自然界这些粗犷荒蛮之地，却能发现如此娇美的生物，这一点总叫我称奇。然而这就是自然法则。无论在山野还是海洋，在最粗犷最荒蛮的地方，你定能找到最美妙最精致的存在。大自然的神奇和缜密是人类永不能理解的。

从我刚进林子开始，不管我是在聆听功力稍浅的鸟叫声，还是在周围一片静寂中陷入冥想，耳边总有一缕歌声从树林深处传来，这是在我看来自然界中最美的声音——隐夜鸫的歌声。我时常像这样听见他的歌从远处传来，有时甚至远在四分之一英里以外，以致我能捕捉到的只有他的音乐中更有力、更完整的那些片段。透过鹪鹩和莺鸟的大合唱，我能辨别出这声音响起，纯净而平和，仿佛高空之上有个精灵正在缓缓吟唱一曲圣歌。歌声在我心里激起美的情绪，透露出祥和的宗教至

① 专名应为“北森莺”。—编者

福，这是自然界其他任何声音都不能办到的。尽管全天任何时候都听得到，但这也许更像是晚祷而非晨祷。歌声极其简单，以致我无法明确说出其魅力所在。“噢穹苍，穹苍！”那鸟儿好像在说，“噢圣灵，圣灵！噢横扫，横扫！噢放晴，放晴！”中间穿插着最美的颤音和最妙的前奏。这曲调不像唐纳雀（tanager）或蜡嘴雀（grosbeak）的歌声那般自负恢宏；不带任何激情或情绪，无任何个人成分，却体现了人在生命中最美的时刻所感受到的宁静而甜蜜的神圣感。他的歌带来了只有最高贵的灵魂才懂得的宁静及庄严的喜悦。几天前，我趁夜登高赏景，快到山顶时，一只隐夜鸫在几杆之外开始唱起晚歌。在孤寂的山上听着这歌声，眼见满月刚从地平线上升起，顿觉城市生活的浮华和文明社会的骄傲是那么微不足道，一文不值。

我从未见过隐夜鸫像棕林鸫或棕夜鸫那样，在同一个地方有两只竞赛似地同时歌唱。我刚从树上击落一只，十分钟不到，就发现又有一只站在几乎完全相同的位置上继续唱。白天晚些时候，当我进入老采皮区的腹地时，忽见一只隐夜鸫正站在一个矮树墩上唱歌。很奇怪地，他看我走近居然没有变得戒备起来，反而提高神圣的乐音，好像我丝毫未打扰他的隐私。我张开他的嘴，发现里面一片金黄色——我本来已经做好了准备，以为里面准会镶珠嵌玉，或者飞出一个天使来。

有关隐夜鸫的文字描述并不多。老实说，我认识的鸟类学作家里，几乎没有一位在这三种常见歌鸫的问题上是头脑清楚的，没有一位不会混淆他们的体形或鸣声。《大西洋月刊》(*Atlantic*)① 上的一位作者一本正经地告诉我们，棕林鸫有时又称隐夜鸫，接着，在行文极富美感地正确描述了隐夜鸫的歌声之后，居然若无其事地将之归在棕夜鸫身上！根据奥杜邦的研究新编的百科全书声称，隐夜鸫的歌声由单一的哀婉音符构成，而棕夜鸫的叫声与棕林鸫的类似！这些观察论调应该和《户外文集》② 作者所持的结论一并封存起来；这位作者告诉我们说，棕顶雀鹀（hairbird）的颤音是鸟儿振翅拍打体侧发出来的！其实隐夜鸫依据颜色就可以轻松分辨出

① 1858年12月刊。——原注

②《户外文集》(*Out-door Papers*, 1863)，作者希金森(Thomas Wentworth Higginson, 1823—1911)为美国改革家、废奴运动活动家、作家。——译者

来：他的背是鲜明的黄褐色，至腰和尾巴处变为棕褐。把他翅膀上和尾部的翎毛并排放在深色地面上，会形成强烈的对比。

我沿着那条旧道行走，注意到薄泥上那些足印。这些生灵何时来到这里？我从来不曾偶遇一只。这儿是披肩榛鸡踩了一脚，那儿是只丘鹬（woodcock），这儿是只松鼠或者貂，那儿是只臭鼬，那儿是只狐狸。列那狐[①]的足印刚劲清晰，很容易和小狗的爪印区分开来——前者轮廓分明，后者在旁边只显得笨拙潦草。动物的足迹和声音一样能体现出其野性程度。鹿的脚印能和绵羊或山羊的一样吗？从灰松鼠在新雪上留下的那些急转交错的痕迹，可以想见这家伙当时是怎样两足生翼般敏捷灵活！啊！身在自然就是最好的学习。看林中生活是怎样磨砺感官，为你的眼、耳、鼻赋予新的力量！而且，最珍稀最娇美的歌者难道不都是林中之鸟吗？

在这些隐秘之地，处处都能听见绿霸鹟（wood-pewee）忧郁甚而凄惨的鸣声。绿霸鹟属纯种霸鹟，极

---

① 列那（Reynard）是法国讽刺故事中狐狸的名字，此处代指狐狸。——译者

易辨别。他们个性分明，有显著的鹟科特征及好斗倾向。他们是我们的森林田野中最不起眼或者说最不漂亮的鸟：肩翘，头大，腿短，体色普通，行移时全无风度，尾巴还难看地抖动着，总是在跟邻居或同伴吵架；没有哪种鸟像他们这样完全不打算在观者心中激起愉悦之感，也无意争取人类的兴趣或喜爱。王霸鹟则是鹟科中着装最佳的一位，不过他太好吹牛；尽管对邻居总是傲慢无礼，但其实外强中干，是个十足的胆小鬼，对手稍一表现出胆量，他就会竖起白羽。我曾见他从一只燕子跟前逃之夭夭，也知道他曾完全败给上述的小绿霸鹟。从大冠蝇霸鹟到小绿霸鹟，他们的行为方式和基本习性都是一样的。虽然在两点之间飞行时显得迟缓，但他们有着惊人的快速活动能力，几乎毫不费力就能逮住跑得最快的昆虫。在镇定和漠然的外表之下，隐藏着快速、紧张的持续运动。他们不像莺鸟那样在枝干上到处搜寻，而是停在位置居中的树枝上，像真正的猎手一样等待猎物出现。他们咬住猎物时，喙经常发出啪嗒一声脆响。

这个地区的常见种类是绿霸鹟，他会用甜美哀伤的叫声吸引你的注意。深林里也有他的生存空间，在那里他的叫声拖得更长，音调更高。

他的亲戚灰胸长尾霸鹟，常在斜崖或悬石边上用苔藓营建精致的巢。有一天在一片极其荒凉的地区，我经过山顶附近的一个岩石架时，注意到这样一个建筑物，它保持了岩石的多藓特征，看起来仿佛生于斯长于斯。自此我就对这种鸟好感倍增。岩石似乎很中意这个巢，一心要将它纳为已有。我叹道，这是一个多么生动的建筑范例啊。它确是一座外力建造的房子，但充盈着如此深切的爱意，又无比巧妙地做到了因地制宜，以至于看起来完全是一件自然之作。这种俭省智慧在所有鸟的巢居上均有体现。没有鸟会为图好看而把自家房子刷成红色或白色，或添加任何装饰。

在林子最幽暗、最浓密的某处，我忽遇一窝都已长成的角鸮（screech-owl)，齐齐停在一根垂着苔藓的干枝上，距地面不过数英尺。我当时正停在离他们四五码远的地方四下环顾，这才看见这些一动不动的灰色小东西。他们坐姿端正挺拔，虽然有的背对我有的面对我，但头齐刷刷地全都转向我的方向。他们把眼眯成一道黑线，透过这条小缝看着我，显然还以为自己尚未暴露。当时的情景非常诡异怪诞，透露出某些谐趣而神秘的东西。这是一种全新的感受，在森林之夜陡现白昼。观察片刻之后，我朝他们迈出一步；只一瞬间，就见他们双目圆睁，神色大变，姿态不一地弯下身子，全都生气勃勃，机警地盯视着周围。再一步，他们几乎全飞走了，惟有一只低伏在枝上，露出一副猫受惊的神情，视线越过肩膀盯着我看了几秒钟。他们在林子里迅捷轻柔地飞散开来，我击落了一只，是如威尔逊所描述的那种带着黄褐的红色，不过他错把一只新鸟当成了老鸟。老鸟身体呈漂亮的灰白色，夹杂着黑色斑点。我遇到他们时，老鸟正和新鸟一道停在树枝上。

走到一处更干燥而少苔的地方，我被一只金冠鸫(golden-crowned thrush)吸引住了——他其实不属鸫鸟，而是莺鸟，拉丁学名为“*Sciurus aurocapillus*”。[①] 他在我前面走得流畅自如，又带着一副不经意的沉思神态，像母鸡或披肩榛鸡那样晃着脑袋，忽而急行忽而缓步，

① 旧称“金冠鸫”，现行专名为橙顶灶莺(oven-bird)，现行拉丁学名请参见附录索引。——编者

惹得我不由停下来仔细看他。我坐下来，他也停下来看我，到处转悠，一面发出美妙的低声呢喃，显然一门心思沉浸在自己的事务里，但也不忘时时观察我。鸟类之中只有少数为步行者，大多数都像知更鸟一样跃行。

见我并无恶意，这位漂亮的步行者很是满意，于是飞上距离地面数英尺的一段树枝，用一场音乐表演来犒赏我。那仿佛一首渐进曲，起调极低，显得歌者遥远不定，随即渐强渐响，直到他的身体开始颤抖，他的歌声变成尖叫，带着奇异的锐音在我耳边回响。此曲可以再现为："啼彻啼彻，啼彻！啼彻！！啼彻！！！"第一个音节和每个词上的重音力道渐强，音调渐细。我认识的作家里，没有人认为金冠鸫除了此处所示之外还有更多的音乐才能。但其实他在此并未展示出其最佳水准；他另有一支私藏曲目，是特地为在空中邂逅的佳丽保留的。他轻松地飞上最高的树顶，再如某些燕雀那样，以盘旋式飞行升入空中，旋即爆发出一阵极乐之歌——歌声清澈、嘹亮、丰富，热情可比金翅雀，旋律可比朱顶雀(linnet)。此曲是鸟类旋律中最罕闻的片段之一，最常在傍晚时分或日落之后响起。快乐的歌者高旋在树林上方，不露身形地唱着他最优美的歌。你从这首歌里很快就能察觉他与黄眉灶莺（water-wagtail, *Sciurus noveboracensis*）的亲缘关系；后者也被误称为水鸫（water-thrush），歌声同样是突然的迸发，响亮饱满，透着年轻快活的调子，好像那鸟儿刚刚意外地交了好运。有近两年时间，这首歌都只是在我耳边飘忽不定，我不见其形，徒感困惑，正如梭罗当年困惑于那只神秘的夜莺——说到此，我怀疑那根本不是什么新的品种，而是某种他已然熟知的鸟类。我的这个漂亮的步行者似乎倾向于把这首歌当作秘密来保守，然后利用一切机会在你面前重复那种渐进式的尖利叫声，仿佛在说这就足够了，这就是他的全部才能。不过我相信我在这里将此事公开也不算泄密。我觉得那应是他的情歌，因为最常在交配季节听到。我曾撞见两只雄鸟一边压着嗓子唱这首歌，一边速度惊人地在林间逐斗。

从旧道上向左拐，我漫无目的地跨过软质原木和太古时期的松散岩屑，涉过鳟鱼游弋的小溪，最后到达植被出奇繁茂的采皮区。沿途我时不时停下来赞叹一种孑然独立在青苔之上的小白花，我的收藏里并无记录，这种植物长着极别致的心形叶子，花除了颜色之外和苔类（liverwort）一模一样；也在观察蕨类植物，共数出来六种，体型巨大的那些几乎齐肩高。

一棵表面粗糙不平的黄桦树下，一簇石松（club-moss）里点缀着大量蔓虎刺（patridge-berry）和奇特的光亮叶子，其外围处处可见鹿蹄草（false wintergreen, *Pyrola rotundifolia*）的尖顶上垂饰着淡粉色的花，散发着五月果园的气息。如此的天然沙发对我这个闲人来说似乎是过于奢侈了。我斜躺其上，静观周遭。太阳刚过头顶，午后大合唱尚未完全开场。大多数鸟午前唱歌精神最足，情绪最高，但偶尔在午后也会出现突发的百鸟齐鸣；至傍晚时分，才能感受到鸫鸟的晚歌带来的那种纯粹的力量与庄严。

我很快就被一对红喉北蜂鸟（humming-bird, the red throated）吸引了注意力。他们正在几码开外的矮灌木里自娱自乐，雌鸟躲在枝叶里，兴高采烈地啾啾尖叫着，在上方盘旋的雄鸟一冲而下，像是要将她揪出。见到我之后，雄鸟如羽毛般轻落在一根细枝上，不一会儿就和伴侣一起飞走了。接着，像是依照某种事先约定的信号，所有鸟儿都唱起歌来。我半阖着眼平躺在地上，细听莺鸟、鸫鸟、燕雀和霸鹟的大合唱；在他们的歌声之上，飘忽着隐夜鸫天籁似的高音，多少有些曲高和寡。从那边桦树顶上传来变调丰富的鸣啭，缺少经验的听者会误以为是猩红丽唐纳雀的声音，实则它出自罕见的候鸟：玫胸白斑翅雀。此曲热烈快活，是一首明快的正午之歌，充满活力与自信，显示出歌者唱功卓越，但绝非天才。我从树下起身时，他向下瞟着我，并未理会，继续唱歌。据说这种鸟在西北部很普通，但在东部地区确是罕见。他的喙不合比例地大而笨拙，好似一个大鼻子，稍微有损他的俊朗；但大自然给了他胸前的玫红和翅膀内侧娇美的粉色来作补偿。他的背部黑白相间，低飞时白色尤其明显。当他经过你头顶时，你能看见那翅下美艳的红色。

那边枯死的铁杉树上有一点明亮的猩红，在幽暗背景下看来宛如燃烧的煤块，对于严酷的北方气候而言似显过于鲜艳。那是上述那位的近亲，猩红丽唐纳雀。我有时在幽深的铁杉林里遇见他，那是我见过的自然界中最强烈的反差，让人甚至担心他会引燃落脚的那根枝干。他性情十分孤僻，在这一地区似乎更偏爱高处的僻远树林，有时甚至直上到山顶。没错，我上次登山的一大收获就是在山顶附近遇见了这样一只美丽的生物，深沉圆润地唱着歌，清风把他的歌声传向四面八方。他似乎很享受这个高度，我想象他的歌声也较平常有更广的覆盖范围和更大的自由度。他飞下山边很远之后，风中依然可闻他悠扬的歌声。从羽衣上看，他是我们所有鸟类中最靓丽的。蓝鸲并非纯粹的蓝；靛彩鹀也经不起近看，金翅雀、玫红丽唐纳雀（summer red-bird）都不行。但猩红丽唐纳雀不同，哪怕你凑近了看，也不会减一分风采；他身体的猩红色以及翅和尾的黑色都完美无瑕。这一身是他的节日装束，到了秋天他就会换上暗黄绿色，也就是雌鸟整季都披着的颜色。

老采皮区的这场大合唱中，紫朱雀（purple finch）或朱顶雀是领唱之一。他坐得稍远些，通常在一株枯死的铁杉树上，无限柔美地鸣啭着。他是我们这里最出色的歌者之一，唱功居燕雀之首，一如隐夜鸫在鸫鸟中的位置。他的歌声展现的是狂喜，除冬鹪鹩的叫声外，堪称这些林子里倾吐速度最快、最连绵不绝的声音。他

紫朱雀

的歌几乎没有鸫鹩叫声中那种标志性的颤音和银铃般汩汩流淌的音符，但始终包含着一种圆润多变的哨音，如此甜美，如此悦耳。在某个时候又加入了类似知更鸟的叫声，效果显著；整段变调如此丰富，节奏又如此快速，让人不由觉得这是两三只鸟在同时歌唱。他在这个地区不算常见，我只在这些或类似的林子里见过他。他的体色非常奇特，像是把一只棕色鸟在稀释过的美洲商陆（pokeberry）果汁里蘸几下后再捞出来时的样子。再多浸两三下可能会让紫色更纯正。雌鸟颜色与歌带鹀相同，体型稍大，喙更显笨重，尾部叉形也更明显。

在一小块几乎没有灌丛和树木的开阔地，我到溪边去洗手。正弯下腰，这时一只石灰色的小鸟拍着翅从岸边出来，距离我的头不足三英尺远。他像是跛了足或受伤严重，紧接着就穿过草丛进了最近的灌丛。我并未跟着，但由于还停留在他的巢居附近，他吱吱地尖叫着，引来了雄鸟，我看出那是一只斑点加拿大威森莺。我在书里并未找到任何关于这种鸟在地面上筑巢的结论，可我眼前就是他的巢，以干草为主要材料，筑在岸边一个浅坑里，距水流不到两英尺——除了小鸭子或鹬(sandpiper)，任谁都会觉得这个距离有点危险。巢里有两只幼鸟和一小颗带斑点的蛋，刚刚破壳。可是，怎么回事？这里头有点儿蹊跷。尽管两只雏鸟明显同样不足一天大，但其中一只体型要比另外一只大很多，独占了巢内大部分空间，在成鸟喂食时嘴伸得也比同伴高得多。啊！我明白了，这是牛鹂惯用的伎俩，带着可耻的人性特征。我捏着那只入侵者的颈部，慎重地丢进水里，当然心里也不免一阵刺痛，看他光秃秃的躯体被冻得剧烈抽动，顺水漂走。残忍？自然就是这样残忍。牺牲一个，可保全一双。否则不出两天，这个大腹便便的外来者就会导致巢里两只正当居民的死亡；因此我插手干预，使其回归正轨。

这是自然界一个奇怪的恶作剧：有些鸟生来爱把蛋产在其他鸟的窝里，以逃避自己养育幼鸟的责任。牛鹂总是使用这种狡诈的手段；想想他们的数量，便知这类小悲剧时常发生。在欧洲，杜鹃有同样的天性，而美洲鹃有时也这样欺负知更鸟或鸫鸟。牛鹂对此似乎从不曾良心发现，而且据我目前的观察，他老是挑体格不及自己的鸟下手。他的蛋一般都最先孵出；成鸟衔来食物时，他的幼鸟会抢过其他雏鸟最先夺得；此子成长速度极快，体型不断变大以至于占满了鸟巢，挨饿受挤的原主很快便夭折了，成鸟就把他们的尸体搬出巢，从此一心一意地喂养他人之子。

莺鸟和小型霸鹟是常见的受害者，但我有时也会看见灰色型雪鸟不自觉间受此蒙骗。那天我在树林的一棵高树上，发现一只黑喉绿林莺正在精心照料这么一只暗色的发育过快的弃儿。我指给一个老农看，他很诧异于自己竟不知道自己的林子里还有这等事发生。

当此时节，常能看到这些鸟形迹诡秘地穿梭在树林各处，伺机把自己的蛋产在某个巢里。一天我正在一根木头上坐着，就见一只这样的鸟经数次短飞后穿过林木逐渐接近地面，动作匆忙，鬼鬼祟祟。距我约五十码处，他消失在一片灌木丛背后，显然是落到了地上。

我稍等了一会儿，然后轻手轻脚地朝那个方向走去。走到半道，意外地弄出了一声轻响，那鸟便扑棱起来，看见我之后急忙飞出了林子。我到了那儿一看，发现在一截倒地的树枝下方，半遮半掩着一个用干草和树叶做成的简易鸟窝。我觉得是个雀巢。窝里有三颗鸟蛋，另有一颗躺在窝下约一英尺处，像是被抛出去的；事实也正是如此。由此可见，当牛鹂发现巢里的鸟蛋已经满员时，很可能就会扔出去一颗，再把自己的蛋补进去。几天之后我再去看，发现又有一颗蛋被扔了出来，但并没有新的放进去。主人已经弃巢，那些蛋都变质了。

在我发现这种蛋的地方，无论哪种情形下，都能看见牛鹂夫妇双双在附近徘徊，雄鸟站在树顶，发出平滑而流畅的独特叫声。

到了七月，幼鸟呈现出暗淡的浅黄褐色，同在这片区域长成的便开始成群聚集，等到秋天，鸟群的规模就会变得极为壮观。

斑点加拿大威森莺是一种非常出众的莺鸟，其模仿音十分生动，尽管支离破碎很不完整，却也能让你联想到金丝雀的某些乐段。那只雄鸟此时正兴奋异常地在树枝间跳跃，发出美妙的吱吱叫声，快活得一刻也静不下来。

他的举止神态独具一格。见到你还有先行个礼的习惯，姿势优美至极。他外形优雅，体态较修长，背为略带蓝色的铅灰，到冠处变得近于黑色；下体自喉部以下为娇嫩的淡黄色，一排黑斑划过前胸。眼睛也漂亮，周围一圈淡黄色眼纹。

成鸟夫妇被我的到访搅得心神不安，一直在激烈地叫着，引得关切的邻居纷纷前来探望所为何事。栗胁林莺和橙胸林莺相伴而来。纹胸林莺驻足片刻后匆匆离去；黄喉地莺怯生生地从灌木底下向外窥探，吱吱地叫着以示同情；绿霸鹟径直落在头顶的树枝上；红眼莺雀徘徊复徘徊，一脸天真好奇地看我，显然很是困惑。但很快，他们一个接一个地消失无踪，对焦灼的夫妇也没有只言片语的安慰或鼓励。我经常在鸟类中注意到这种表示同情的举动——如果这确是同情，而非单纯的好奇或者只想在某个公敌接近时得到预警的话。

一个小时后我再去那个地方，发现一切已归于宁静，母鸟正伏在巢上。我走近时，她似乎坐得更贴近了些，瞪着眼睛，有种不可言传的野性之美。距离只有两步远时，她才移动身子，像初次见面时那样拍着翅膀飞走了。只隔了这么一小会儿，余下的那颗蛋也已破壳，两只小雏鸟仰着头，不必受陌生的同屋挤迫或欺负。一周过后，他们就飞走了——鸟类的婴儿期真短啊。让我惊奇的是，尽管为期很短，他们居然也躲过了臭鼬、貂和麝鼠的攻击——这些动物在这片林子里数量众多，而且对于雏鸟这样的美味，他们绝对是偏爱有加。

我继续穿行在老采皮区，一会儿沿着一条行迹模糊的牛道或植被茂盛的林中路；一会儿艰难地跨过柔软腐烂的原木，或者在荆棘与榛树的纠缠中努力开出一条路来；一会儿进入一片野樱桃、山毛榉和银槭（soft-maple）组成的美妙树荫；一会儿出现在一条点缀着金色毛茛或白色雏菊的青草小径上，或是在齐腰深的红覆盆子丛里费力前行。

呼！呼！呼！一窝半长成的披肩榛鸡在几步开外

突然炸开了锅，四下散开消失在灌丛里。我且在荆蕨的屏障背后坐下，听这林中的野鸡如何召唤幼鸟。披肩榛鸡那么小就开始飞行！大自然似乎把能量全集中在他们的翅膀上，确保安全是第一要义；当他们身上还覆着绒毛，丝毫没有长羽的迹象时，翅上的翎已经开始生长展露。只需极短的时间，幼鸟就会在飞行上有长足进步。

鸡和火鸡身上也有翅膀发育迅速的特点，但水禽以及那些在羽翼长成前都安全躲在巢内的鸟就不同了。我有一天在小溪旁碰见了一只年幼的鹬，非常漂亮的小家伙，身上裹着一层柔软的灰色绒毛，动作迅捷灵敏，显然已有一两周大了，但身上和翅膀上均无羽衣迹象。他也不需要，因为他只消跳进水里就能躲开我，即便可以拍翅飞行，也未见得会更轻松自如。

听！那边灌丛里响起一声轻柔如劝说般的咕咕细语，那么微弱、殷切而又难以察觉，得竖起最警觉的耳朵才能听见。多么温柔，多么忧心，又是多么饱含爱意啊！这是母鸟的声音。不一会儿，从各个方向传来怯怯的一声“哎”，细若蚊蚋。这是小家伙在答应。见附近似乎没什么危险，母鸟的咕咕很快就变成了清晰的咯咯呼唤，幼鸟小心翼翼地循声而去。我以万分的小心谨慎步出藏身地，但所有声音瞬间停止，我徒然张望，母鸟幼鸟全不见了踪影。

披肩榛鸡（*Bonasa umbellus*）是我们这里最本土、最具个性的鸟类之一。有他出没的树林待着就很舒服，他让林子有了一股宜居气息，你会感觉到这才是此间真正的主人；没有他的树林好像就少了些什么，似乎受到了自然的冷落。他是大自然的一件杰作，那么强健耐寒，我觉得他顶喜欢风雪严寒。仲冬时节，他的翅膀呼扇得似乎更加热烈。如果雪下得飞快，眼看肯定会有一场暴风雪，他就会心满意足地坐下，任由雪把自己掩埋。在这种时候走上前去，他会突然从你脚边的雪里扑腾出来，激得雪片四散，然后像颗炮弹似的嗖地飞过树林，正是本土精神与自然造化的完美展现。

他的鼓翼声是春天里最受欢迎、最美的声音之一。在树木几乎还没发出新芽的四月，寂静的清晨或日暮时分，你就能听见他的翅膀极热切地呼扇着。你或许以为他会选择干燥且树脂丰富的原木；其实不然，他专挑那些破败腐烂的，似乎尤其偏爱已有部分陷进土壤的老橡木。万一找不到中意的原木，他就把圣坛设在一块岩石上，凭借热烈的呼扇让石头产生共鸣。有谁见过披肩榛鸡鼓翼？这就像看见黄鼠狼睡觉一样可遇而不可求——不过凭着万分的谨慎和机智还是可以做到的。他鼓翼时不会抱着原木，反而站得笔直，张开颈毛，先呼扇两下作为开场，停半秒钟，然后继续扇动翅膀并逐渐加快，直到声响变成连绵不断的“呼——呼”，整个过程持续不到半分钟。他的翅尖几乎未擦到木头，所以声音实际上是由翅膀拍打空气和他自己身体的力量所产生的，和飞行时一样。一根原木会被不同的鼓手使用多年，就像一座神庙，受到无上的尊崇。披肩榛鸡上前时总是步行，除非受到粗鲁的打扰，否则离去时也同样安静。这种鸟未必有多高的智慧，却很精明，你很难偷摸着靠近，得多次尝试才能成功。但如果你假装匆忙从他身旁经过，故意弄出各种声响，他就会收紧羽毛像被钉住了一样动弹不得，这时你便能好好地观察他，对猎人而言也是得手的好机会。

继续沿老采皮区里一条弯弯曲曲的小道行走，一阵华丽而强烈的鸣啭又吸引了我。声音发自矮灌木丛，我很快就听出这与黄喉地莺的叫声颇为相似。不一会儿这位歌者跳上了一根干细枝，我得以仔细打量。头颈为铅灰，至前胸近于黑色；背为清透的橄榄绿，腹为黄色。看他惯于在地面附近活动，有时甚至会在地上跳跃，可知应属地莺一类；又由于胸前的黑色，鸟类学家便为他加了修饰词“哀”(mourning)，其专名正是“黑胸地莺”(mourning ground warbler)。

威尔逊和奥杜邦都坦承对这种鸟所知甚少，他们从没见识过他的巢，也不熟悉他的栖息地和基本习性。虽然他的声音带有明显的莺类特征，但歌声依然十分鲜明独特。他非常羞涩而且谨慎，一气只飞上几英尺距离，同时小心翼翼地避开你的视线。我在这里只见到一对。雌鸟嘴里叼着食物，看来是要回巢，但她很小心地避免暴露巢的位置。地莺有一个明显的共性，即腿都非常漂亮，洁白细嫩如同长年穿着丝绸精制的鞋袜。树莺的腿一般为深褐或黑色，羽衣比地莺更为鲜艳，但音乐才能较之逊色。

栗胁林莺属树莺一类，在这些铁杉林及附近所有林子里十分常见。他是莺科中最珍稀、最俊美的种类之一；

胸和喉为白色，两胁为栗色，冠为黄色，这些都是醒目的标志。但我们对他的习性或栖息地几乎一无所知。去年我在高地一片山毛榉林子里发现了一个他的巢，在挨着小路的一片矮灌丛里，每天都有牛从那里吃着草经过。本来一切都很平静，后来牛鹂偷偷把自己的蛋放了进去，其他意外也接踵而来，不久巢便空了。雄鸟在这个季节有一个典型的外观特征：他的翅膀略微下垂，尾巴略微上翘，看起来像一只睿智的矮脚鸡。他的歌声优美而急切，虽无太多个性，但在合唱里也占有一席之地。

一种比栗胁林莺的叫声甜美得多的声音，带着地道的森林韵律落入耳中——那是黑喉绿林莺，我曾在多处见过他。他在纯种林莺之中无可媲美，歌声虽平实简单，却极其纯净柔和，可用直线示意如下：—— ——V——；前两个符号代表两个银铃般的柔美音符，音调相同，几无重音；后面的符号代表结尾音符，音调多变，抑扬有致。雄鸟的喉和胸黑似丝绒，脸呈黄色，背为黄绿色。

出了老采皮区，树林里混杂着铁杉、山毛榉和桦树，传来黑喉蓝林莺慵懒的仲夏之音。“嘁，嘁，嘁——咿！”向上的滑音，带着夏令昆虫特有的嗡嗡声，但也不乏某种婉转的韵律。这是所有森林之音里最慢条斯理的声音之一，听得我直想立马躺倒在落叶上。奥杜邦说他从没听过这种鸟唱情歌，可他的情歌就是这样，在他的棕色小情人眼里，他显然是个老实安分的对象。他不装腔作势，也不像很多同类那样擅长大胆惊人的动作表演。他偏爱茂密的山毛榉林和槭树林，在低处的枝叶间和小树丛里悠然穿行，始终保持八到十英尺的距地高度，时不时重复着他那懒洋洋、慢悠悠的叫声。他的背和冠为深蓝色，喉和胸为黑色，腹部纯白，两翅上各有一点白斑。

黑白森莺（black and white creeping warbler）也不时在我眼前出现，他的叫声让我想到了发丝，那无疑是所有鸟鸣中最尖细的一种。在这方面，没有虫音能与他一较高下；其声丝毫没有虫音的刺耳喧闹，反而非常细腻柔和。

那个连续不断的尖锐鸣啭，如果你尚未学会仔细辨别，很容易以为是红眼莺雀的叫声，但其实是孤僻的歌莺雀。这种鸟与红眼莺雀相比体型稍大，要罕见得多，叫声更响亮，但不那么欢快。我看见他正顺着树枝跳跃，注意到他前胸和两胁带橙色，眼有白圈。

西沉的太阳和渐沉的暗影在提醒我，这场漫游得结束了，可是在这四十种鸣禽的大合唱里我才刚介绍了领唱的几位，这幽静古老的树林我才只探访了一小部分。在老采皮区一个挨着沼泽的隐秘角落，我看见大紫红门兰（great purple orchis）正在绽放，似乎从来没有人或兽踏足此地。我久久流连，细细观赏地衣和苔藓恣意生长，蔓过大大小小的树丛。每一簇灌丛，每一根粗干细枝，都被披上了最奢华美丽的外衣；其中最美艳的，当属装点着树枝或挂在主枝上优雅拂动的长须苔藓。所有细枝看上去都已有百岁，尽管枝头还挂着绿叶。一棵年轻的黄桦长着一张族长似的苍老面孔，过早的尊崇似乎让他不甚自在。一棵腐朽的铁杉树上挂着垂饰，像是有人为了某个圣典特地装点的一般。

返回高地时，暮色笼罩之下森林的寂静无声让我心生敬畏，不由驻足。这是一天当中最甜蜜、最圆满的时刻。当隐夜鸫的晚歌从下方幽深的隐秘之地传来时，我体会到了心灵的平和之喜；与这种平静极乐相比，音乐、文学、宗教都只是些皮毛象征。

一八六五年

拟八哥

第三篇
阿迪朗达克山

一八六三年夏天前往阿迪朗达克山区时，我正处于对鸟类学研究最初的兴奋期，因而此行最感好奇的，是能在这些隐秘之地里发现哪些鸟类，其中又有哪些生客，哪些熟客。

人在探访广袤、僻远的原始森林时，很自然地期望会有一些珍稀罕有或完全新鲜的发现，然而事实常常不尽如人意。梭罗三次深入缅因森林，虽然偶遇了驼鹿（moose）和北美驯鹿（caribou），但就鸟鸣声而言，除了棕林鸫和绿霸鹟，并无新的收获。我在阿迪朗达克山的体验也是同样。鸟类大多喜欢待在居民点和林垦地附近，在这些地方发现的数量和种类最多。

第一次进林时，我们在一个名叫休伊特（Hewett）的老拓荒猎人的林垦地里盘桓了数日。我在那里见到了很多老朋友，也结识了一些新面孔。雪鸟数目极多，自我们离开乔治湖（Lake George）① 以来，沿途处处可见他的身影。清晨我去溪边漱洗，一只紫朱雀从我前面飞起，看样子已经沐浴完毕。我初识这种鸟还是上一年冬天，在哈得孙（Hudson）高地，某几个晴朗而寒冽的二月早晨，一群紫朱雀会站在我屋前的一棵树上引吭高歌。此次在他的繁殖地里再见面，着实是个惊喜。那天我还注意到了几只松金翅雀（pine finch），这种鸟

① 阿迪朗达克位于美国纽约州东北部，乔治湖在其东南麓。——译者

外表呈深褐色或带杂色斑纹，与普通金翅雀（common yellow-bird）近缘，二者的神态和习性十分相似。他们在屋子周围随意地逡巡，有时停在数尺开外的一株小树上。在一块满是残根的地里，我见到了旧日的挚爱草鹀，或称栗肩雀鹀，正停在一根高而焦黑的残株上，嘴里衔着食物。从森林边缘及田野的灌丛里，传来一种我前所未闻的叫声，但久久不见歌者。声音在上午和傍晚时分最为明显，但始终极其诡秘难以捕捉。后来终于发现，原来是白喉带鹀（white-throated sparrow），该地区常见的鸟种。他的叫声格外柔和婉转——是纤细、摇摆、颤动的哨音，美中不足的是似乎刚一开场便告结束。整首歌貌似只是个前奏，如果他肯正经来一段结尾曲，肯定赛过所有鸣禽。

邻近这片林垦地的低洼树林里有一条鳟鱼甚多的小溪，我在那里不亦乐乎地追逐、识辨各类莺——斑点加拿大威森莺、黑喉蓝林莺、黄腰林莺（yellow-rumped），还有奥杜邦林莺（Audubon's warbler）。最后这种是我头一次见识，正领着一群幼鸟穿梭在岸边盛产昆虫的茂密灌丛里。

时值八月，鸟类都在换羽，只偶尔简短地叫几声。我记得整个行程中只听到过一只知更鸟的鸣啭，是在森林深处的波瑞阿斯（Boreas）河边。他的声音听上去就如一位老友在唤我的名字。

离开休伊特家时，我们多了一个向导，是他的幼子，家里的“小家伙”，二十岁上下，地地道道的山林居民。一行人迫不及待地奔向森林，目的地是波瑞阿斯河上的斯蒂尔沃特（Stillwater），哈得孙河一条偏远支流上一个长而幽暗的隐秘河段，行程约六英里。到达之后我们在那里逗留了两三天，住在一间简陋的伐木小屋里，用留在那里的一只旧炉子烹鱼。其间最值得提及的事迹，是我独力从斯蒂尔沃特河里捕得六条大鳟鱼，而之前向导使尽所有手段和耐心却收获甚微。此处一看便知有很多鳟鱼，但由于时令已晚，河水温乎，我断定鱼都潜在深水里，很难勾引出来。因此我决定在靠近河口的深水区下手。我捉了一条白鲑，切成长约一寸的小段，以此作饵，在斯蒂尔沃特河河口水流一侧下了钩。没到二十分钟，我就钓上了六条大家伙，其中有三条长逾一尺。向导和我那些半信半疑的同伴本来只是站在对岸观望，这会儿见我好运连连，也急忙拿出渔具一试身手，刚开始离我还有些距离，后来全聚到我周围，但最终都一无所获。我自己也突然手气全无。但向导对我已然心服口服，自此与我讲话的口气和直率态度就像对待同道中人一样了。

一天下午，我们顺溪而下，去探访约两英里外一个新发现的洞穴。从山侧的一道大裂缝挤进去，辗转行进了约一百英尺后，进入一条大的拱形通道。这里在每年特定时节栖息着大量蝙蝠，而且长年黑得如同创世之前。除了我们来时的入口，还有其他许多小洞穴、小窟窿通往这里，我们有选择地探索了一些。到处可闻流水声，可见溪流近在咫尺。因其无休止的侵蚀，洞穴和入口都已变得斑驳陆离。小溪从洞口流出，源自山顶的一个湖泊；这可以解释其温度，我们以手试水时都不免为之一惊。

无论哪种鸟在这些林子里都挺少见。一只灰背隼悄悄经过我们的营地；鸸领着幼鸟从高高的树木间穿过，时不时传来隐约的尖声鸣叫。

第三天，向导提议带我们去山里的一个湖泊，说在那里能漂流猎鹿。

我们的行程从一个陡峭多石的上坡开始，经过一个小时的艰难攀爬，才到达一片高地松林。这里还完全未遭伐木工蹂躏，一片原始风貌，给我们负重累累、笨拙不堪的行进带来了诸多阻碍。林子里多为松树，但也有不少黄桦、山毛榉和槭树。对于我们当中辛辛苦苦背着枪的人来说，最大的安慰也只能是猎物出现时有备无患的满足感了。偶尔，一只披肩榛鸡在我们面前扑棱飞起，或者一只红松鼠偷笑着匆匆返回洞穴；除此之外，森林里似乎再无居民。沿途最醒目的是山侧一棵巨松，显然是某个庞大种族的末世遗老，帐下统领着一群黄桦树。

约正午时分，我们钻出林子，来到一片浅而长的水域，向导管这里叫“血腥驼鹿湖”，源于很多年前一头驼鹿在此被杀的传说。我们在一片孤寂中放眼张望，向导最先发现有个家伙正在啃吃睡莲叶子。凭着一厢情愿的想象，我们立刻觉得那是一头鹿。正在我们焦急地等待对方动起来好确认我们的这一印象之时，它抬起了头，天哪！是只大蓝鹭（great blue heron)。见我们靠近，它就张开长长的翅膀，姿态庄严地飞到对岸一棵枯树上去了，这一举动与其说缓解毋宁说是加重了四下笼罩的孤独荒凉之感。我们继续行进，它便在我们前面从一棵树飞到另一棵树，显然很讨厌在自己古老而隐秘的领地里受到侵扰。湖边，瓶子草（picher-plant）正在生长，沙地上四处散落的安德鲁龙胆（closed gentian）时不时仰起蓝色的花。

走在荒凉孤寂的湖边，我的心因期待而感到一丝悸动，仿佛自然界的某些奥秘将在这里显现，或者，某种珍稀罕见闻所未闻的生物将会被惊起。长久以来总有一种暗藏的疑虑，似乎万物起源都与水脱不开联系，所以人在独自散步时总会受一股奇特的力量牵引，有意在途中寻找所有溪流湖泊，好像水边就意味着魔幻与奇迹的发生地。我有那么一会儿走在同伴前面，从一块高石上望见岸边水面上一阵骚动，可走近之后只发现了麝鼠的足迹。

继续在森林里艰难跋涉，一路在松树疤节上磕磕绊绊，下午约莫过半时，我们抵达了目的地纳特湖(Nate's Pond)。湖水美丽如画，似大山拥着一面银镜，约一里长，半里宽，周围环绕着幽暗的香脂树、铁杉和松树林。和我们刚刚经过的驼鹿湖一样，一派原始的静谧模样。

这种无边无际的孤独感并非单单由于身在森林。森林里有各种声音响动，还有一种无言的亲近感；人在其中不过是一棵行走的树。可一旦遇到山中湖泊，那种荒凉野性就完全释放出来，与你直面相对。水无形而有万形，让荒野更显野性，同时也滋养了更丰富的文化与艺术。

我们所在这面湖的出口处水很浅，石头露出水面，就像在夏季的小溪里似的。处处可见我们在追寻的猎物踪迹——足印，粪便，啃过之后又连根拽起的睡莲叶子。歇息了半个小时，又往猎物袋里补充了当地最肥美的青蛙，我们随即鱼贯进入柔软、树脂丰富的松林，打算在湖的另一头宿营，向导跟我们保证说那儿有一座现成的猎人小屋。经过半个小时的行军，我们到了目的地，那座小屋叫人大喜过望——如此热情好客，似乎整座森林的慷慨慈善之力都候在这里。小屋很是简陋，盖在林间一块浅洼地上，离湖约一百码远，但出于猎人职业考虑之间并无直接暴露，周围是茂盛的桦树、铁杉和松树，还有一排香脂树（balsam）和冷杉。它的样式中规中矩，三面合围，树皮作顶，树枝为床，屋前一块石头用做生火的垫底石。附近隐约传来流水声，我们循声而去，发现了一股甘甜的泉水，苔藓和岩屑如一层新雪般遮掩其上，但有水从一处处井眼似的出口汩汩涌出，好像是特地为我们行个方便。我注意到某些原木的光滑面有以女人笔迹刻下的女性名字，向导告诉我们之前有一位英国艺术家女士，曾带着一个向导在这一区域徒步写生。

背囊已解下，水壶也悬在火上了，我们第一步是要弄清楚那艘独木舟的保存情况，向导声称那是他去年锚泊在附近的——要知道，我们对鹿肉的全部希望可都寄托在这艘假定存在的独木舟上了。搜寻片刻后，终于在一棵倒地的铁杉树树冠下面找到了，但那样子惨不忍睹：一头有一大块已经脱落，在靠近吃水线的位置还有一条吓人的裂缝。不过等我们把它从树冠底下弄出来，又用些苔藓填塞了缝隙之后，它居然可以载着两个人浮起来，这对我们来说就足够了。另外还需要一盏防风灯和一支船桨；未等太阳落山，我们那位巧木匠就把这两样东西准备齐全了。他从一棵年幼的黄桦树上以奇迹般的速度弄出了一支桨——切割、打磨，光滑得近乎吹毛求疵，可不是什么临时凑合的替代品，而是完全符合其细致工作要求的专业工具。

以同样娴熟的技术，同样神奇的速度，防风灯也成型了。先将一根约三英尺长的粗杆竖在船头，插在一根横栏上的洞眼儿里借以固定，粗杆在其中可自由转动；从一个大木片上切下直径八到十英寸的半圆形木片，置于粗杆顶部，周围捆上一块新鲜的桦树皮，这便形成一个简易的半圆形反光镜。在圆圈内置三根蜡烛，即成了一盏防风灯。再用苔藓和树枝布置出两个座位——射手之位在船头，桨手之位在船尾。一顿青蛙和松鼠宴让我们做好了准备，夜幕降临时，所有人都热切期盼着好运气也随之而来。尽管我无论如何都称不上是神枪手——我对射击热情很高，技术却是平平——但大家似乎心照不宣地认为应该由我担任射手来射杀那头鹿，如果我们有此运气的话。

天色完全暗下来之后，我们进行了一次短程试水。一切顺利，因此在十点钟左右，我们便迫不及待地下水了。我第二十次摸了摸装着火柴的口袋，心里默演着自己的预定动作，把枪攥得紧紧的，确保没有疏漏。我得跪在防风灯正下方，听到口令就把灯点着。夜晴无月，万籁俱寂。快到湖心时，一丝清风从西面吹来，轻得几乎无法察觉，我们悄无声息地顺风滑行。向导划桨技法高超，不会让桨出水或破水而入，完美保持着期望中平稳一致的动作。四周真安静啊！耳朵仿佛成了统辖湖面和森林的唯一感官。偶有一片睡莲叶子轻拂船底，低伏着的我能听见船头之下水的喃喃细语；除此之外，万籁俱寂。忽而，魔法一般地，我们被围在一个巨大的黑环里。到达湖心时，水面在星光下微微发亮，而那幽暗沉静的森林包围着我们，在水里投下倒影，上下合成一圈宽阔完整的全黑暗带。像某个大魔术师的神秘招数，让我们瞠目结舌，仿佛我们刚刚跨过了现实与想象的边界，进入这个阴影与幽灵的国度。向导挥动的是何等魔幻的船桨，竟能把我传至如此界域！实际上，会不会是我犯了大错把那位忠实的仆人丢在身后，会不会是某位暗夜巫师顶替了他？近岸处轻微的溅水声倏地打破了魔咒，我紧张地转向桨手。“是麝鼠。”他说着，手中片刻不停。

快到湖的尽头时，船轻巧地转身，又悄无声息地划进那个神秘的环轨。细微的声响一如方才，但依然没有我们正在等待的猎物迹象。我们就这样回到了出发地点，和出发时一样两手空空。

耽搁了一个小时，将近午夜时，我们再度出发。等待非但没让我的警戒心和灵敏性减弱，反倒更为加强；夜色也愈加浓厚。夜刚过半，天空呈现出这个季节里午夜时分常有的那种柔和微光，“朗朗疏星”① 温柔地给大地洒下清辉。我们漂进那个幽灵般的阴影地带，像之前一样缓缓前行。四周静得让人敬畏。头顶偶尔传来某只飞鸟微弱的叫声，一只蝙蝠飒飒地呼扇着翅膀疾速掠过，一只猫头鹰在山中鸣叫，替周遭的寂静与孤独诉说衷肠。水边频频传来些响动，惊得我不由向船尾那个一言不发的身影投去探询的目光。

又到了尽头，我们掉头回转。新奇和兴奋感开始减退；困倦的天性吵嚷着要上位；小舟荡得缓，射手在岗位上打起了盹。没过一会儿，有什么东西把我惊醒了。

---

① 语出沃尔特·惠特曼（Walt Whitman，1819—1892）的诗《自我之歌》（Song of Myself），原文为“large few stars”。——译者

“来了一头鹿。”向导低声说。枪听见了，迅速跳进我手里。听，一截树枝断了，紧接着是什么东西蹚过浅水的声音。它来自湖的另一端，就在我们的营地前面。我们继续划行，悄然依旧，但速度加快了。片刻之后，带着新鲜强烈的兴奋感，我看着船儿朝那个方向缓缓前行。对于一个看见灰松鼠就兴奋、突遇狐狸就忘了手里有枪的猎手来说，这是极严峻的考验。我陡然觉得空间有点施展不开，但现在调整船内位置是绝无可能的。我仿佛不由自主地必须制造点动静出来。“点灯。”身后传来一声轻轻的低语。我紧张地摸索着火柴，第一根掉了。第二根清脆地蹭过我的膝盖，断了。第三根着了，但在我慌手慌脚往灯上凑时，过早地灭了。唉！只要能把蜡烛点着，让我干什么都成！很快就要靠岸了，船底已经开始有睡莲叶子轻轻拂过。再试一次，终于成功。烛光随着船体的轻晃而摇曳，转瞬之间一朵巨大的光团已落在我们前方的水面上，而船身仍在无尽的黑暗里。

到了此时我紧张情绪已过，完全恢复了镇定，同时也异乎寻常的警觉敏锐；我已准备好应付任何突发情况。一丁点声音都听不见。很快，岸边的树木影影绰绰地开始显形。一切看上去都形似巨鹿；那块大石作势欲逃，那株卧木的干枝定是鹿角无疑。

可是那两个小亮点是什么呢？读者还需要我来说明吗？眨眼工夫，一头真正的鹿开始露出头部轮廓，接着是脖颈和前肩，然后是整个身躯。他就在那没膝的湖水里，目不转睛地盯着我们，显然是在低头找睡莲叶的动作过程中被吸引了，觉得这儿有个新奇的月亮正在戏耍。我的提词人说："开枪。"一声巨响。水里一阵混乱，林中一阵骚动。我说："他跑了。""等会儿，"向导说，"我让你瞧瞧。"独木舟迅速靠岸，我们跳了出来，高举照明灯，就着光四下搜寻。在那儿，越过原木和灌丛，我再次发现了那两个小亮点。啊，可怜的东西！没必要再补上一枪了，那是所有伤害中最不地道的做法，因为他已然倒地奄奄一息了。我们的胜利到底也不值得夸耀，因为猎得的只是一头年老的雌鹿，显然在夏天已经为养育幼子大伤元气。

这种猎鹿的方法非常新颖奇特。鹿显然是受到了吸引或迷惑，看上去并不害怕，倒像是被某种奇观震慑住了，或是中了什么符咒。如果让猎物感觉到恐惧或者想飞快逃走，那猎手就称不上是行家；实验成功的关键在于行动迅速，必须赶在猎物最初的困惑感消失之前出手。

站在岸上看当时的场景，我想不出还有什么能更突兀更惊悚。你一无所见一无所闻，突然间就有一束光打在身上，死死地盯着你，仿佛来自地府的一只巨眼。

据向导说，鹿一旦逃过此劫，就绝对不会再次上当。上岸时他响亮地长哼一声，以此警示所有能听见的动物都躲闪回避。

射鹿之后，我们用左轮手枪对一只兔子（准确地说是只野兔）做了个突击练习。兔子被篝火以及四散躺着的人形强烈吸引，以至于跑到我们中间胆大妄为起来，就在他品尝放在大树根旁一罐开了盖的炼乳时，背上冷不丁地中了一枪。

住在大自然里的人会发现，早起是再自然不过的事。人类正是由于有奢华舒适的床，又与天地隔绝，才在这方面不及鸟兽。对于住在室内的文明人来说，清晨并非清晨，是早餐时间。而户外宿营之人却能从空气中感受到它，能嗅到、看到、听到清晨，能自然地随万物一起苏醒。招呼吃早饭时，没人磨磨蹭蹭，很快全都聚在一根倒地的树干前，上面摆了一排白木片充当餐盘；大家都迫不及待地想尝尝鹿肉。结果几乎没人再吃第二块，因为肉又老又硬。

天气温煦平静，我们漫无目的地闲晃着。森林是属于大自然的，能漫步其中是极大的福分。它茂盛、浓密、古老，同时又有独特的成熟与柔和的一面。这里没有任何大火烧过或木工砍伐的迹象。每一棵树干，每一根树枝，每一片树叶，都安然地躺在它们倒下或落下的地方。人每走一步脚都会陷进厚厚的苔藓，它像一层细润的绿雪覆盖着大地，化小石为靠垫，巨岩为床榻——变出了一座古代斯堪的纳维亚式豪华大客厅，布置之精美已经超越了所有装饰艺术与技巧。

一簇石松在一棵松树脚下随意地铺成一块地毯，我躺在上面小憩，醒来时发现自己成了一群山雀（chickadee）叽喳讨论的对象。稍后三四只羞涩的林柳莺（wood warbler）也飞了来，观摩这个晃进它们领地的异样生物。除此之外再无鸟兽注意到我经过。

在湖边我遇到了果园佳丽雪松太平鸟。他正在享受假期，以万分的精准和灵巧表现出理应在霸鹟身上发现的特征。仅仅一个月前我还见他在花园和果园里尽情享用樱桃，不过随着三伏天临近，他就逐渐转移到溪流和湖泊边，消遣活动也变成更刺激的逐猎了。他站在湖边枯树顶上，可任意朝各个方向出击，在空中划下长长的曲线，忽上忽下，时而凌空去捉一只苍蝇，时而俯冲去捉水面上的另外一只，不一会儿又回到枝上蓄势再发。

松金翅雀也在，但和往常一样，看上去并不悠闲，反像是在等待或期待着什么。在这里还遇见了我的歌王隐夜鸫，却未能闻得他的歌声。一两周之后，他就启程南飞了。这是我在阿迪朗达克山区见到的唯一一种鸫鸟，但在长着大片覆盆子和野樱桃的桑福德湖（Lake Sandford）附近倒是见识了很多。我们途中碰见一个少年，正在往家赶几头走失的牛，他管这种鸟叫“披肩榛鸟”，无疑是因为其受惊时叫声类似于披肩榛鸡的咯咯声。

内特湖里产鲈鱼和太阳鱼（sun-fish），但无鳟鱼，因为水不够清澈。你见过哪种鱼挑剔至此，要求其繁殖和生存环境具备如此纯粹的和谐与完美？约莫一英里之外的高地上倒是有一个鳟鱼潭，岸边险峭多石。

我们接下来在野外徒步约十二英里，其中大半行程都顶着瓢泼大雨，到了一个叫作下铁厂的地方。它位于去往长湖（Long Lake）的路上，驾马车大约再走一天就能抵达长湖。这儿有一家顶舒适的客栈，又遮雨又暖和，我们自然乐得享受。当地有一个小居民点，一些相当不错的农场，向北可一览印第安隘口（Indian Pass）、马西山（Mount Marcy）及周围群山的美景。我们到达的当天下午和次日清晨，雾气氤氲笼罩了一切。好在上午将过半时，风向变换，雾气散去，我们得以见识一路走来最壮丽的山中景致。约十五英里之外，重峦叠嶂；马西山、麦金太尔山（Mount McIntyre）、戈尔登山（Mount Golden），方是阿迪朗达克山脉真正的统治者。亏得风神这位换景师，此间威仪陡见之下更为生色。

我在此地也见到了拟八哥（blackbird）、雀鹀、褐腰草鹬（solitary sandpiper）、加拿大啄木鸟以及大群蜂鸟——确实数量庞大，比我在其他任何地区见到的都多。他们的尖叫和嗡嗡声简直片刻不停。

阿迪朗达克炼铁厂属于历史遗物。三十多年前，泽西城的一家商号购买了阿迪朗达克河沿岸约六万英亩富含磁铁矿的土地，随后进行了土地修整，完成了道路、大坝及锻造车间的建设，正式开始炼铁作业。

当时在哈得孙河上建了一座大坝，河水因此回流至上游约五英里外的桑福德湖。湖泊本身长约六英里，哈得孙河的水回流后，就形成了十一英里长的可航行水路，一直通到上铁厂。上铁厂似乎是唯一正经运营过的厂子。在下铁厂，除大坝的残留部分，唯一可见的遗迹是一个长而矮的土墩，杂草丛生，工程粗陋。有人告诉我们说，那儿以前是好几百考得[①] 的一堆木材，锯得整整齐齐的，垛在那里，原本是要用来烧熔炉的。

在大约十二英里外的上铁厂，当时还建了个规模不小的村落，但现在只剩一户人家，其余全废弃了。

我们下一步就是到那里去。那条路先沿河往上游行进了两三英里，带我们经过了三四个残株遍地的芜杂农场。抵达湖泊后再沿着湖岸走。在这里，一条年久失

---

① 木材的小材层积单位，相当于128立方英尺，约为3.624 6立方米。——译者

修的木排路逼得你要时刻注意脚下。沿途看见了冠蓝鸦（blue jay）、两三只小型鹰隼、一只孤单的旅鸽（wild pigeon），还有披肩榛鸡。树隙间不时透出湖水的亮光，我们经过一座危桥时，下方就是湖的某个支系或水湾。走了一阵之后，路边开始出现破败的房屋。其中一座小木屋给我印象尤其深刻：门上的铰链脱落了，就那么斜靠在门柱上；窗户上寥寥几块玻璃，闪着空洞的光；庭院和小花园里疯长着猫尾草（timothy），篱笆早已朽坏。在湖口处，一栋大石头房子从陡峭的岸上突伸出来，悬挑在路面上方。出了河谷向东没多远，我们往前眺望，只见大约一英里外一根烟囱上炊烟袅袅。我们加紧步伐，赶在太阳将落之时走进那个被遗弃的村子。狗叫声引得全家人都出了门，站在路上等我们走近。生人出现在这里可是新鲜事，我们受到了老熟人一样的热情款待。

户主亨特（Hunter）是个典型的爱尔兰移民。他的妻子是苏格兰人。家中儿女五六个，其中两个是已成年的女儿，相貌清秀，举止端庄，和你在其他任何地方见到的年轻女子一样。年长的那位去年冬天和纽约的姑母生活在一起，或许由于此故，她在陌生的年轻男子面前表现得更为矜持。猎户以每天一美元的报酬受雇于商号，在此看管财物，防止恶意破坏，但自然而体面的腐朽破败是允许的。他住在一座宽敞结实的木屋里，屋前屋后有大片的草地和林地。牢固的谷仓里囤粮无数，他还种养着各类农畜产品，但仅供自家之用，因为此处交通实在不便，去大约七十英里外的集市上出售显然不可行。他基本上一年去一趟尚普兰湖（Lake Champlain）畔的泰孔德罗加（Ticonderoga）镇，采购种种杂货。邮局在十二英里外的下铁厂，邮差一周去两次。方圆二十五英里内，没有医生，没有律师，没有牧师。冬天有好几个月见不到一个生人，夏天偶尔有结队的游人途经这里前往印第安隘口和马西山。每年有成百吨上好的干猫尾草在清理过的土地上腐烂成泥。

入夜之后，我们出了门，在杂草遍生的村道上来回散步。这里的景象让人又好奇又忧伤，远山僻地和四围荒野使其更添魅力。接下来的两天我们都在探索这个地方。村里总共有约三十座房子，多为一门两窗的小木屋，屋前有个小院子，屋后有个菜园子，就像在农村制造业地区工人常住的那种房子。有一座大号的二层宿舍；一座学校建筑，穹顶内置一口钟；有很多平房和车间，还有一个锯木厂。锯木厂前面积着一大堆等着装上马车的松木原材，已经朽烂得用手杖都能戳穿。不远处，一所堆满木炭的房子门户洞开，木炭就那样散在地上，白白糟蹋。熔炼车间也被岁月侵蚀得不成样子。校舍倒还在用，猎户的一个女儿每天把弟妹集合在那里，坚持上课。村图书馆里有近百本可阅读的书籍，本本都翻得很旧了。

由于不存在诸如社交这种东西，这家人全都成了很优秀的读者。我们从下铁厂的邮局帮他们带来了待取的一份插图报纸，家里每个成员都如饥似渴地读了又读。

到处散落着铁矿石。这里的铁矿储量显然极其丰富，你从路边的石头就看得出来。但由于很难从合金中将铁提炼出来，加上运输成本高昂，铁路修筑计划未能施行，炼铁厂最终废弃。但毫无疑问，用不了多久这些难题都会一一解决，这个区域也会重新开放。

目前这里是个极佳的去处。无论钓鱼、打猎、划船、登山，都可轻松成行，而且晚上还有可遮风挡雨的地方歇息，这可不是小事。人如若在行程中睡眠不足、饮食失当，常常无法尽情享受森林里的种种乐趣。相反，如果能免除这些后顾之忧，人做起任何事来都会兴致十足。

从村子往东北方向行约半英里，是亨德森湖（Lake Henderson），形状极不规则，但景色如画，周围是黑漆漆的常青树林，还连着两三个险峻的岬角，上面岩石斑驳，呈白色和灰色。这湖往任意一个方向的最大延伸范围可能都不超过一英里。湖水非常清澈，鳟鱼甚多；有一股从印第安隘口下来的大溪流注入。

往南一英里是桑福德湖，水域更为开阔，比亨德森湖大得多，沿途有些位置是观览马西山和印第安隘口峡谷的极佳地点。印第安隘口宛如山体上一道巨大的裂缝，灰色的山屏在其一侧赫然耸立，高不可攀。桑福德湖里多白鲈、金鲈和狗鱼（pickerel），常有人捕上单条重达十五磅的狗鱼来。两面湖上均有野鸭数只。见到一群秋沙鸭（goosander）或称红胸秋沙鸭（red merganser），其中年幼的尚不能飞，我们便奋力划船，可惜靠两对桨撑一叶扁舟无论如何也追不上他们。尽管如此，每天我们一上湖面，总是忍不住对他们一通穷追猛赶，以至于之后要花好一阵子平复情绪，才能安静地坐下来钓鱼。

湖东面的地已被烧荒，现在主要长着野樱桃和红覆盆子丛。这里有大量披肩榛鸡；枞树镰翅鸡（Canada Grouse）也很常见，我在某处不到一个小时就猎得八只。由于子弹未能击中，最后一只年老的雄鸟是借助光滑的卵石猎杀的，他受伤后像受惊的母鸡似地钻到一堆灌木下面，我拿一根尖头木棍冲着灌木的缝隙猛扎，很快就结果了他。也有非常多的旅鸽，以致招来了一只发狂的纹腹鹰（sharp-shinned hawk）。一群鸽子落在沼泽边一棵枯死的铁杉树上，我翻过篱笆，穿过一片开阔地朝他们走去。没走几步，抬头一看，发现他们全离开了树枝，正绕着一座小山的山腰疾飞呢。此时这只鹰落在了那棵树上。我退回到大路上，犹豫着往哪边走，就在那一瞬，鹰从树枝上凌空而起，箭一般冲着我直扑过来。我看得呆住了，可半分钟不到，他离我的脸已经不足五十英尺了，好像是对准了我的鼻子全速前进。几乎是出于下意识的自我防卫，我冲着他把一膛子弹全打了出去，瞬间那只大胆狂妄的劫掠者就面目全非地掉落在我脚边了。

至于熊、豹、狼、野猫之类的野生动物，我们在阿迪朗达克山既无所见也无所闻。梭罗曾言："荒凉野兽吼叫之地[①] 其实并无吼叫。吼叫多出于旅人的想象。"猎户说他常在雪地上看见熊的爪印，但从未见过活的熊先生布吕安[②]。相比之下鹿到处都有，一位老猎手言之凿凿地宣称这些山里还有一只驼鹿。回程时我们在一个早期拓荒人的家里借宿一夜，他给我们讲了他跟一只豹子斗智斗勇的故事：它如何怒吼着，如何在灌木丛里尾随着他，他如何逃上船，它的眼在岸上闪着寒光，他又是如何用来福枪结果其性命。他的妻子同时从抽屉里拿出一个物件，待丈夫讲完这个冗长的历险故事，就给我们展示了那只动物的一片趾甲，为之增添了显著的戏剧效果。

然而，这些渔猎、美景或昼夜的冒险，都比不上远足时与原始自然之间无言的交融。那就像是借助山中的

---

① 语出《圣经·申命记》(32：10)，原文为"howling wilderness"。——译者

② 列那狐故事中棕熊的名字布吕安（Bruin），现用以指代熊。——译者

湖泊、溪流去触摸人类远古母亲的脉搏，去感受她的血管之中流淌着怎样强大的元气与活力，去了解她是如何不计他人目光地恣意生长。

一八六六年

绿霸鹟

第四篇
鸟巢

鸟类对外界十分警觉，即便是忙于筑巢时也毫不放松。在林间一块空地上，我看见一对雪松太平鸟正从一棵枯树顶上收集苔藓。顺着他们飞去的方向，我很快就发现了巢的位置：一片繁茂的野樱桃和幼山毛榉树中间，长着一棵小小的银槭树，鸟巢就安置在树上的分岔处。我在树下小心藏好，也不顾自己会有被工匠拿碎屑攻击或被掉落的工具砸到的危险，静等着忙碌的夫妇归来。不一会儿，熟悉的叫声传来，雌鸟一掠而下，毫不疑心地落在建到一半的窝里。可是几乎还没等翅膀合拢，她就看穿了我的掩护，随即如临大敌，迅速飞离了鸟巢。片刻之后，雄鸟嘴里叼着一束羊毛（因附近有个牧羊场）回来找她，夫妻双双躲在旁边的灌丛里向外侦察。他们嘴里都还衔着东西，满脸惊惧地四下逡巡，直等到我起身在一根原木后面躺下，才肯再次接近鸟巢。其中一只壮起胆子落在巢上，但仍然觉得有什么不对劲，很快就飞走了。又过了一会儿，两只一起归来，一再地巡察窥视，显然还经过了极紧张的商议，这才谨慎地开始继续施工。不到半小时工夫，他们收集来的羊毛数量之丰，看来只要有顺手的工具和灵活的技艺，就足以给全家现有及未来所有成员编织出精美的袜子了。过了不到一周，雌鸟开始产卵——四天产了四个，白里透紫，较大一头上有黑点。再经过两周的孵化，雏鸟即破壳而出。

除了北美金翅雀，鸟类中春天筑巢最晚的要数雪松太平鸟——在北方气候下，一般到了七月份才开始营巢。金翅雀筑巢晚，可能是因为在那之前找不到适合雏鸟的食物。

和这里大多数常见鸟类如知更鸟、雀鹀、蓝鸲、绿霸鹟、鹪鹩等一样，雪松太平鸟有时选择僻远地带繁育后代，有时则选择在人类生活区域附近建巢。我有一年就见过一对这样的鸟，把巢安在挨着我的房子生长的一棵苹果树上。在工程正式开始前一两天，我发现成鸟夫妇在仔细审度那棵树上的每一根树枝，雌鸟在前，雄鸟殿后，还一脸焦虑地叫着。显然这一次女方拥有选择权；和所有清楚自己想要什么的女性一样，她正在行使自己的权利。最后选定了一根伸到房屋侧翼顶上的高枝。夫妇为此互相庆祝、爱抚了一番，然后分头去寻材料。最常使用的材料是一种含棉绒植物，长在地力衰竭的旧耕地上。他们的巢就其体型而言并不小，非常柔软，无论怎么看都是个上佳的居所。

还有一次，我正在森林里行走——不妨说是在蹓跶，因我已发现人是不可能奔跑着阅读自然之书的——忽被一阵沉闷的敲打声吸引，很显然就在几杆开外。我自语："有位老兄在造屋。"据此前的观察经验，我怀疑是某只红头啄木鸟（red-headed woodpecker）在旁边那根枯橡树桩的顶部营巢。我蹑手蹑脚地朝那里走去，在靠近枯树干顶端的位置发现了一个圆洞，大小相当于直径一英寸半的螺旋钻钻出来的眼儿，凿下的白色木屑落在地上。在离那棵树仅几步距离时，我踩中一截干枝，脚下发出一声极轻微的脆响。敲打声立刻止住了，一颗猩红色的小脑袋出现在洞口。尽管我屏气凝神一动不动，甚至极力忍着眼都不眨一下，直到眼睛开始刺痛，他还是没有回去工作，反倒一声不吭地飞到旁边的树上去了。真是让人称奇，他在钻进古木树心里忙于劳作的同时，居然还能如此警觉，耳听八方，连外面最细微的声响都不漏过。

啄木鸟筑巢的方法基本相同，先在枯树的主干或粗枝上啄个洞，然后把蛋产在洞穴底部的精细木屑上。他们的巢算不得是上乘的艺术品，因所需的更多是气力而非技巧，但鸟蛋和雏鸟在其中所受到的庇护非其他鸟类所能及，它既能阻挡恶劣天气，又能防范松鸦（jay）、乌鸦、鹰隼、猫头鹰等天敌的侵扰。他们从来不选有天然洞穴的树，倒是偏爱那些枯死的时间刚好足以让木质变得软而脆的朽木。先水平向内凿进几英寸，弄出一个适合自己体型的又圆又光滑的洞，然后转而向下，逐渐扩大空间，深度可达十至十五或二十英寸，视木头的松软程度及雌鸟产卵的紧急程度而定。凿洞时雌雄轮流工作，先由其中一只忙活十五到二十分钟，一面啄洞一面运出木屑；随后飞到较高处的树枝上，大声唤一两嗓子，伴侣很快现身，落在一旁枝上，温存片刻之后，新来那位进洞干活，先前那位就飞走了。

过了几天，我爬上一棵糖槭树，去看枯死的树顶处一个绒啄木鸟（drowny woodpecker）的巢。这个洞的直径远不止一英寸，为了更好地防雨，位置紧贴在一根几乎是从主干上水平伸出的树枝下面。在颜色暗淡、表面斑驳的树皮映衬下，它看起来不过是颜色更深的一块暗影，人只有近到数英尺距离内才能辨识清楚。我走近鸟巢时，幼鸟兴奋地叽喳个不停，以为是家长带了食物归来；可当我把手放在主干上他们藏身的那个部位时，吵闹声戛然而止，不同寻常的震动和摩擦让他们警惕地收了声。这个洞深约十五英寸，呈葫芦形，挖凿技艺精湛，极为规则；内壁洁净光鲜。

我还清楚地记得撞见一对黄腹吸汁啄木鸟（yellow-bellied woodpecker）在一棵老山毛榉残株上喂养幼子的情景。这种鸟是此地森林里最罕见、最孤僻的啄木鸟，美貌仅次于红头啄木鸟。那是在卡茨基尔山（Catskill）的支脉比弗基尔（Beaverkill）群山中，我们一行三人转悠了一整天，想寻找藏在深山里的一面鳟湖，可惜在无迹可寻的森林里两度迷路，只落得又乏又饿，于是坐在一根腐朽的木头上歇脚。坐下没多久，幼鸟的叽叽喳喳和成鸟来来回回的穿梭声就吸引了我的注意。他们的巢入口在一棵树的朝东面，离地约二十五英尺。每隔不到一分钟的时间，成鸟夫妇就会衔着蛆或毛虫依次飞落在洞口，轮番欠欠身，迅速扫一眼四周之后，只一下就跃进洞居的门厅。成鸟在这里会踌躇片刻，像是在思忖该把这点食物放进哪张嗷嗷待哺的嘴里，然后就消失在里头了。大约半分钟之后，幼鸟的吵闹声渐渐平息，成鸟再次出现在洞口，不过这次嘴里衔着某位尚不能自理的家庭成员的排泄物。就这样极慢地飞开了去，头部放低并往前伸着，似乎是在极力让那不雅的物事远离自己的羽衣；把那块难闻的东西丢在几码外的地方之后，成鸟就飞落到一棵树上，用树皮和苔藓擦嘴。这样的叼进叼出似乎是他们一整天的状态。在同伴轮流勘察周围地形时，我观察了他们一个小时，未发现行为有何变化。不知在洞里幼鸟是否依特定顺序等待喂食？还有，在那样的黑暗和局促空间内，喂食行为如何能够进行得如此干净利落？这些问题很让人好奇，但鸟类学家对此都无论述。

鸟类此一行为并不像乍看起来那么稀罕少见，实际上这几乎是所有陆禽的一个行为准则。对于啄木鸟及其近缘，还有在地面掘巢的鸟类，如崖沙燕（bank swallow）和翠鸟（kingfisher）等，这是必需之举，因为排泄物在巢内堆积会给幼鸟带来致命危害。

但即便是那些不挖不凿、只在树枝或地面筑一浅巢的鸟类，如知更鸟、燕雀、鹀鸟（bunting）等，成鸟也会把幼鸟的粪便清理到远处。你要是看见知更鸟从窝里身态沉重地缓慢飞出来，迥然不同于方才衔着浆果或毛虫进巢时的情形，那他肯定是在忙着干这个活儿。你看棕顶雀鹀，他在把虫子喂给幼鸟后会稍停片刻，沿着巢边跳来跳去，观察巢内的动静。

洁净的本能无疑是所有例子中这一行为的动因，不过也不能说其中没有对自身隐秘与巢穴隐藏的考虑。

燕子是个例外，幼鸟排泄时惯于站在巢边上直接解决。他们也不太理会所谓隐秘法则，相比于隐藏巢的位置，他们更倾向于把巢建得无法靠近。

不循此律的还有鸽子、鹰隼和水禽。

回到正题。啄木鸟在洞口进进出出，我得以仔细观察他们的体色和特征，这时我发现，奥杜邦在辨别或描述雌鸟特征时称其头部有红点是错误的。我见过的几对啄木鸟里，没有一只雌鸟头上有红色。

那只雄鸟羽衣丰满，我犹豫半晌，还是将他射杀了，打算做成标本。次日再经过那里时，我停留了片刻，想看看后事如何。不得不承认，那幅场景让我心生些许悔意：只听得雏鸟吱吱叫，丧偶的雌鸟照料之责加倍，在幽谧的树林里来回奔忙，偶尔还满怀期待地停在某棵树的树干上，发出一声啊啼。

无论哪一种鸟，如果雄鸟在繁殖期内丧命，雌鸟通常会很快找来另一个伴侣。在某一特定生长区内，基本上总有一些无配偶的鸟，或雌或雄，可以重建一个破碎的家庭。我忘了是奥杜邦还是威尔逊曾经讲过，一对鱼鹰（fish-hawk）或称鹗（osprey）把巢建在一棵老橡树上，雄鸟保护雏鸟之心殷切，因而当有一人爬上树意欲对鸟巢图谋不轨时，他竟真的用喙和爪照准了人的脸和眼去攻击。爬树的人拿一根重棒自卫，将英勇的雄鸟击落在地，送了他的命。之后没过几天，雌鸟就又找了一位伴侣。但很自然地，这位继父在保护幼鸟一事上，完全没有前任的气概和胆量。危险临近时，但见他远远避开，一副事不关己的样子四处飞着。

根据常识，无论野生或家养火鸡，雌鸟在开始下蛋继而孵蛋育子时，会主动远离雄鸟；雄鸟这时也会十分通情达理地与同性伙伴聚在一起，或是去自己常去的地方活动。一直到了秋末，雌雄幼幼才会在共同活动区重聚。可一旦有谁试图夺走雌鸟身下的蛋或伤害柔弱的幼雏，她就会立即呼唤雄鸟，后者听到后火速赶来。鸭子和其他水禽也是如此。强烈的繁殖本能克服了一切常规难题。毋庸置疑，我一手造成的雌啄木鸟的寡居生活不会持续很久，一些孤独的雄鸟，要是对于从一开始就要接手养活一个雏鸟已快长成的大家庭这一生活前景不至于感到太沮丧，就会主动凑上前来，或者被丧偶的雌鸟召来。

时已至七月中旬，我还见一只俊美的雄知更鸟在对一只雌鸟大献殷勤，而且我毫不怀疑他确是出自真心。我观察了他们半个小时；雌鸟应是在寻求当季的第二春，但那只雄鸟，从他色泽鲜亮的羽衣来看，应该是位新客。雄鸟的每次示爱都遭到拒绝，他徒然地在雌鸟身旁昂首展示漂亮的羽毛；雌鸟不时恶狠狠地扑向他。他追着雌鸟来到地上，半压着嗓子给她唱优美的歌，给她送去一条毛虫，再极力张开羽毛飞回树枝，绕着她跳跃，唧唧又啾啾，勇敢地冲向一只入侵者，又快速回到她身边。可是没用，雌鸟每次都干脆利落地打断他。

结局如何我不得而知，因为那只处事巧妙的雌鸟很快就飞出了我的视线，那位热情诚挚的追求者也紧随其后而去。不过，即便说雌鸟坚不肯从无非是出于谨慎，也不算是草率的结论。

整体而言，鸟类中似乎盛行女权体系，站在男性立场上来考虑，这一点是相当可敬的。几乎在所有事关共同利益的问题上，都是雌鸟更加主动——她决定筑巢地点，在施工过程中往往也更为投入；通常情况下，她在照顾幼鸟时更为警觉，在危险来临时也表现得更为关切。我就曾见一只雌斑翅蓝彩鹀（blue grosbeak），一连几个小时来回穿梭在鸟巢所在的树和最近的草地之间，给幼鸟叼回蟋蟀或蚱蜢，而与此同时，她那位穿着更漂亮的伴侣要么站在远处一棵树上怡然歌唱，要么就是在树枝间自寻乐子。

但在大部分鸣禽中，雄鸟无论就体色、神态还是歌声而言都更加醒目，这使得他实际上成了雌鸟的盾护。人们通常认为，雌鸟羽衣较为暗淡是为了在孵蛋时起到更好的隐蔽作用，但这个解释不够充分，因为有时候雄鸟会接替雌鸟孵蛋。以家鸽为例，你会发现刚过正午就换成雄鸟坐在了巢上。我认为，雌鸟身上的暗色或中性色，是大自然为了时刻保护其安全而预设的对策，因为从种族繁衍角度来说，雌鸟的性命比雄鸟更加宝贵。必须由雄鸟承担的责任只消瞬间即可完成，而雌性需要投入的时间即便不能以月计，也得数天或者数周。①

向北迁徙时，雄鸟比雌鸟提前八到十天出发；秋季返回时，雌鸟和幼鸟会比雄鸟提前同样的时长。

啄木鸟在第一季过后会弃巢，或者说“弃洞”，这时他们的表亲——䴓鸟、山雀、美洲旋木雀（brown creeper）——就将洞室继承下来。这些鸟，尤其旋木雀和䴓鸟，具备啄木鸟科的诸多习性，但喙的力量不足，无力自行啄洞，因此他们的居所总是二手房。但无论哪一种鸟，都会在使用时添置各种柔软材料，换言之，他们会根据自己的喜好装饰这个二手居室。山雀会在洞的底部布置一小团轻盈的毡状物，看起来像是从某个制帽行里衔来的余料，实则可能是无数昆虫或毛虫劳作的成果；雌山雀就在这个柔软的内垫上产下六颗白色的蛋。

我近日在极有趣的情形之下发现了一个这样的鸟

---

① 最近，一位研究此课题的英国学者列出了一系列与此观点相反的事实和理论。他称，除极少数例外，鸟类中通行的法则是，当雌雄体色同样鲜艳瞩目时，鸟巢也会是同样的颜色，因而就能隐蔽孵蛋的鸟；相反，一旦二者颜色形成鲜明对比，雄鸟鲜艳瞩目而雌鸟暗淡无光，那么鸟巢就会无遮无掩，孵蛋的鸟就会暴露无遗。欧洲鸟类中有违此法则的极少。美洲本土鸟类中，杜鹃和冠蓝鸦的巢是开放式的，但雌雄并无明显的体色差异。绿霸鹟、王霸鹟和麻雀也是如此，而常见的蓝鸲、黄鹂和圃拟鹂则相反。——原注

巢。它所在的树木属野樱桃树的一种，长在一座高山山顶险峻的边缘处，经年磨蚀的灰色岩石零散地堆在旁边，或是散落在赤狐踩出来的依稀可辨的小道上。这里的树木全都带着些受惊的神情，笼罩所有荒山野岭的那种无以名状的荒野之感也萦绕四周。我站在山顶，看着那只从我脚下大地上飞过的红尾鵟（red-tailed hawk）。我的视线追着他，览尽农场、聚落、村庄和远处的青山。

这时一对成鸟出现了，嘴里叼着食物，神情似乎颇为恼火。但他们谨慎得很，我守望了一个多小时，别说幼鸟的具体位置，就连他们在哪棵树上都没搞清楚。与我同行的是个挺机灵又好奇的男孩，后来由他藏在我们猜测鸟巢所在树木旁边一块突出的矮石下，我则绕到山侧。没用多久男孩就发现了他们的秘密地点。那棵树长得身矮枝阔，覆满了地衣，粗看之下完全没有干枯或朽烂的枝干。但其实是有的，其中一根长数英尺，当我的视线投向那里时，我发现了一个小圆洞口。

树枝由于我的重量颤动起来，成鸟幼鸟全都惊恐万状。鸟巢所在的树枝残段直径约三英寸，巢的尽头都已凿得快抵到树皮了。我用拇指戳破薄壁，一窝羽翼已丰的幼鸟平生第一次见到了外面的世界。过了一会儿，其中一只发出一声意义重大的啁啾，像是在说“是时候离开这里了”，然后开始朝正门爬去。他站在洞口向外张望，对于眼前铺陈着的大千世界未表现出丝毫诧异。他在确定方位，在判断那对未经考验的翅膀是否足以将他带到安全地带。停顿片刻后，他大声啁啾，振翅飞出——起步不算差。其余几只也很快跟上。出于某种突然的冲动，每一只在起飞的瞬间，都抛下一坨粪便，向弃巢轻蔑地致意。

鸟类的习惯和本能通常很有规律，但有时却像高等动物一样古怪难测。比如，对于他们营巢的地点或方式，你不能做出任何笃定无疑的判断。在地面营巢的鸟常会飞进灌木丛，在树上营巢的鸟有时会选择地面或钻进草丛。原本在地面营巢的歌雀鹀，却有在栅栏的节孔里建巢的先例；烟囱雨燕（chimney swallow）有一次厌倦了黑烟和煤灰，于是把巢安在干草棚的一根椽子上。一位友人曾告诉我，有一对家燕（barn swallow）来了一次漂亮的改革，把巢建在从房顶一根钉子上垂下来的绳套上；他们挺喜欢这个巢，次年依旧如法炮

东蓝鸲 *Eastern Bluebird*

北森莺 *Northern Parula*

制。我还知道棕顶雀鹀在棚屋下面筑巢的例子：一束干草透过疏松的地板从上面的草堆上耷拉下来，巢就安在那束草里；而他通常情况下满足于用半打干草秆和一些牛尾长毛，在苹果树的枝上松松垮垮地搭个窝。毛翅燕（rough-winged swallow）在墙体内以及旧石堆里筑巢；我曾见过知更鸟在类似的地方安家，也有人曾见他安居在废弃的老井里。莺鷦鷯（house wren）会选择一切钻得进去的洞口，管它是旧靴子还是炮弹壳。曾有一对莺鷦鷯坚持在一口浆泵的顶部筑巢，他们从手柄上方的开口飞进去。由于浆泵每日都会使用，巢被毁了不下二十次。这个心胸狭窄的小家伙挺有智慧先见，如果建巢的浆箱内含两个隔间，他会将其中一个塞满，以防招来麻烦的邻居。

建巢技术欠佳的鸟有时会抛开惯习，占据其他鸟的弃巢。冠蓝鸦时不时地在乌鸦或杜鹃的旧巢里产卵。拟八哥会在怠惰情绪下直接把蛋产在枯枝上的洞里。我听说过一只杜鹃把知更鸟赶出了巢，另外一只则把冠蓝鸦搞得无家可归。有时候会发现在一些大而松散的结构（比如鹗和某些鹭的巢）周围，分布着半打拟八哥的巢，就像是大批寄生物，或者如奥杜邦所言，像某个封建贵族的古朴庄园里散布的家臣住所。

同样的鸟，在南方繁殖时建的巢就不如在北方繁殖时所建的讲究。某些在气候温暖地区会将蛋直接丢在沙地上任由太阳暴晒的水禽，换在拉布拉多地区就会正经建个巢，以惯常的方式孵蛋。橙腹拟鹂在佐治亚州会把巢安在树的朝北面，在中东部地区则将其安在树的朝南或朝东面，也做得更厚实暖和些。我见过从南部来的一只橙腹拟鹂，把粗糙的芦苇或是莎草编进巢内，做成提篮似的开敞结构。

很少有鸟类在筑巢时统一使用同样的材料。我见过知更鸟的巢完全没使用泥巴。有一次，他以黑色长马鬃为主要材料，按圆形布置，内部饰一层精细的黄草，整体形象新颖独特。在另外一例中则主要采用了一种石藓。

同一繁殖季内第二次生产所用的巢通常只是个临时结构。随着季节推移，雌鸟产蛋的紧迫程度愈加强烈，这时的巢常常是个胡乱凑合的半成品。我最近又注意到这一事实，是因为接近七月末时，碰巧在一片荒凉的黑莓地里见到了几个林雀鹀或称灌丛雀鹀的巢。与早前已经养育了一窝幼鸟的巢相比，还留着蛋的这些巢远不够精致紧凑。

一连数日，我去一片特定的林子里时，总能看见一只雄靛彩鹀坐在一根高枝上几乎固定不变的位置，十分快活地唱着歌。我走近时他止住了歌声，尾巴带着明显的强调意味左右急摆，尖声叫着。我在旁边的矮灌丛里发现了让他如此焦躁的缘由——那里有个主要用干树叶和细草筑成的厚实紧凑的鸟巢，一只不起眼的褐色鸟正在巢里孵四枚淡蓝色的蛋。

奇怪的是，鸟类居然会舍弃显然很是安全的树巅，反而把巢建在有很多危险分子走过或爬过的地面附近。他站在高不可及的彼处，歌唱着；而他的蛋或者无助的幼雏却在这里，离地面不足三英尺。其实，鸟最大的敌人恰恰也是鸟，许多小型鸟类正是充分考虑了这一点之后才选择的营巢地点。

相比于其他地点，恐怕大多数鸟都选择在路边繁殖。我知道披肩榛鸡有时会离开密林，把巢安在距路面不到十步的树根处，毫无疑问，在这里被鹰、乌鸦以及臭鼬、狐狸找到的几率更小。走在山中的密林小道上，我不止一次遇见棕夜鸫（或称威氏鸫）坐在窝里，距离近得几乎一伸手就能把他抓出来。相比之下，猛禽对人类丝毫没有这样的信赖，他们选择营巢地点时，会尽量避开而非主动寻求人类聚居地。

在纽约州腹地的某个区域，我知道每年都能找到一两个灰色型雪鸟的巢。鸟巢安置在一个长满苔藓的矮崖边缘下方，离大路非常近，路过的马车一挥鞭就够得到。每一匹马、每一架马车、每一个行人都会惊扰正在孵蛋的鸟。等到脚步或车轮声渐近，她就迅速飞起，翅膀几乎不沾路面，消失在另一侧的灌丛里。

沿华盛顿城外一条繁华的主街，出城不到半英里，我一次就能在两旁的树木上发现五种不同鸟类的鸟巢，这还只是粗略的观察；而在半英里外的广袤林地里，竟连一个鸟巢也没找到。这五个当中最让我感兴趣的是斑翅蓝彩鹀的巢。根据奥杜邦在路易斯安那州的观察，这种鸟羞涩孤僻，性喜偏僻的湿地和大型死水潭的边缘地带；但我见到的这个巢却建在靠近繁忙要道的一棵大悬铃木上，且是最下面那根树枝最靠下的细枝上，离地面非常近，人站在马车里或骑在马上伸手就能够到。其主要材料是碎报纸和草茎，虽然位置低，隐蔽得却很好；这棵树上多密密匝匝的枝叶，它就藏在其中一丛里。我发现它的时候雏鸟还在里面，成鸟夫妇对于我在树下闲站着这件事颇感不安，但对路上的车水马龙却不以为意。我很好奇他们到底是何时筑的巢，因为鸟类在筑巢时要比在其他时候羞涩得多。肯定是在清晨，因为那会儿的时间是属于鸟类的。

还有一对斑翅蓝彩鹀选择了城里的一块墓地。他们把巢安在一簇矮灌丛里，雄鸟依旧频频歌唱，直到雏鸟羽翼长成。这种鸟的鸣啭快速繁复，与靛彩鹀叫声类似，但更加铿锵响亮。实际上这两种鸟在颜色、形态、举止、声音和基本习性上都非常接近，若非体格上的差异——斑翅蓝彩鹀几乎比靛彩鹀大了一倍——会很难区分。二者中的雌性均为红褐色，幼鸟在第一季也是同样的体色。

幽深的原始森林里自然也有鸟巢，但被我们发现的几率微乎其微。鸟类建巢的艺术说起来简单：选择常见的中性色材料，苔藓、干叶、细枝及各种零碎，再将其布置在一根合适的树枝上，让巢的颜色融入周围环境。可是这种艺术多高明，巢穴隐藏得多妙！我们或许偶尔会看见这些巢，但如果没有鸟的活动作提示，谁能找得到？当前这一季里，我一连两周几乎天天去林子里，一个鸟巢都没发现；直到最后一天，才有幸遇见几个。我正走在森林的浓密处，靠近一截破败的老树桩时，一只黑白森莺突然变得极度警觉，他落在树桩上尖叫着，一会儿又在树桩边上蹿下跳，最后极不情愿地离开了。原来他的巢就在树根处的地面上，里面有三只羽翼将成的幼鸟。巢的位置安排得非常巧妙，幼鸟的体色与旁边散布的树皮、木棍等谐调一致，以至于我第一眼都未能辨出来。他们紧紧地扒着巢，等我刚一把手伸下去，就全逃开了，大声呼救；成鸟夫妇急急赶来，几乎冲到了我伸手可及的范围。就巢本身而言，只是在一张厚实的干叶床上铺了些干草。

接下来这个是在一片茂密的灌丛里。我正走在一条两侧是高大铁杉的夹道上，暮色霭霭中，偶尔可见一小株山毛榉或槭树耸立。这时我听到了一种前所未闻的叫声，至今犹在耳畔。我驻足细听。那毫无疑问是鸟鸣之声，但又有点像羊羔咩咩。不一会儿本尊现身了——原来是一对蓝头莺雀（blue-headed vireo）。他们从一处飞到另一处，每次只停留片刻，雄鸟一声不吭，雌鸟则不住地发出这样奇特温柔的叫声，给森林乐音添了一份类似少女思春的人性情感，其中的甜美、孩子般的自信和快乐让人心生爱怜。我很快发现，这一对正在几码开外的一截矮枝上筑巢。雄鸟小心谨慎地飞到那里，略作调整，然后夫妇俩继续工作，雌鸟不时“爱——伊，爱——伊”地呼唤着爱侣，叫声中的节奏韵律和柔情蜜意绵长不绝。和莺雀的惯常做法一样，他们的巢悬在一根小树枝的分岔处，内部铺设了大量地衣，用无数疏松的蛛网绕了一道又一道。整体采用中性色，因而看起来就像这片幽暗森林里的一件天然造物；除此之外看不出任何遮掩的企图。

继续闲庭信步。到了森林里一片低地，已不见大株树木，取而代之的是老采皮区上密实的次生林。我在这里再次驻足。正站在一棵大槭树旁时，一只小鸟快速从树上飞走了，像是从靠近根部的一个洞里出来的。小鸟飞出几码之后停了下来，开始不安地鸣叫，我的好奇心立刻就给勾了起来。当我看出那是一只雌性黑胸地莺时，想起这种鸟的巢还从来没有哪位博物学家见过，连布鲁尔医生[1] 都没见过他们的鸟蛋，就感觉这里绝对值得一探究竟。我开始仔细搜寻，彻底检查地面、树的底部和根部，还有周围各类繁茂灌木。结果一无所获。由于深恐自己踩在巢上，我心想应该后退一段距离，过一会儿再折回，鉴于已有先前的预警，还特别注意了鸟飞出来的具体地点。依此行事，折回时果然没费什么气力就找到了鸟巢。它就在距离那棵槭树仅几英尺的一丛蕨类植物里，离地约六英寸。巢很大，完全使用干草茎叶筑成，内衬一层精细的深褐色根须。巢内有三枚鸟蛋，浅肉色，均有褐色斑点。巢的凹陷很深，孵蛋鸟的背部藏在巢边以下。

在往前不远处一株高树顶上，我发现了红尾鹭的巢，一个由细枝和干木棍构成的大家伙。幼鸟已经可以飞翔，但还在附近流连。见我走近，母鸟飞到我头顶上

---

[1] 托马斯·梅奥·布鲁尔（Thomas Mayo Brewer, 1814—1880），美国博物学家，曾事医职。与斯潘塞·富勒顿·贝尔德（Spencer Fullerton Baird, 1823—1887）和罗伯特·里奇韦（Robert Ridgway, 1850—1929）合著有《北美鸟类史》（*A History of North American Birds*）。——译者

方，怒气冲冲地叫着。巢下面的地上，散落着常见田鼠的几团毛发和其他无法消化的东西。

离开树林时，我的帽子几乎擦到一只红眼莺雀的巢，它像个提篮似的挂在一根低垂着的山毛榉树枝末端。如果孵蛋鸟保持不动的话，我是断然不会发现它的。巢里有三颗红眼莺雀的蛋，一颗牛鹂的蛋，寄宿的那枚看上去只是略大而已。可三天后我再去看时，发现四颗蛋里已有三颗破壳，那只外来者的体型相当于其余任何一只的四倍，而且排便甚多，大有把身下的同居者闷死之势。侵入者和巢里的正当居民一同进食，一同成长，这已经不仅仅是普通的拼餐；但如果侵入者要独自成活，像现在这样扼杀其他所有居民，那就是自然界的一个恶作剧了——她似乎想借此贬低审慎和诚实的朴素美德。杂草和寄生植物虽说形势不利，但最终还是大获全胜。

蜂鸟的巢是森林里独一无二的珍宝，可遇而不可求，若能遇见，当是一次仅次于发现鹰巢的美妙经验。我至今只见过两个，都是出于偶然的机缘。其中一个筑在一棵栗树的横枝上，一片孤零零的绿叶在上方约一英寸半处形成一个天然顶篷。我本来只是站在树下，然而充满了不祥意味的疾飞声一再掠过我耳边，让我不由疑心自己侵犯了哪位的隐私。视线跟随着鸟的运动，很快就发现了在建的鸟巢。我和往常一样采取了近处隐蔽战术，因此得以心满意足地观看这位小艺术家的工作过程。那是只雌鸟，没有伴侣帮忙。每隔三两分钟，她就会衔着一小团棉状物出现，在树枝间及周围来回飞行数次，再迅速落在巢上，以前胸为样板，布置带回的材料。

另一个是在一座山侧面的密林里。我从树下经过时惊动了孵蛋鸟，她飞起时翅膀的呼扇声引起了我的注意。幸运的是，没过多久，我透过树叶的空隙看到那只鸟又回巢了，那巢看上去只是小树枝上一个普通的疤节或者树瘤。蜂鸟和其他所有鸟都不同，不会落在巢上，而是直接飞进去，快如闪电却又轻若鸿毛。巢里有两枚纯白色的鸟蛋，脆弱得只有女人的纤指方能触碰。孵化期约为十天，之后再过一周，雏鸟就能飞了。

唯一类似蜂鸟巢，且整洁匀称程度也可与之媲美的，是灰蓝蚋莺的巢。它在枝上的安置方式通常与蜂鸟巢相同，但多少有点悬巢的意思；巢深而柔软，主要由某种植物绒毛构成，通体包裹着细软的树苔，除体量更大之外，几乎与蜂鸟巢一模一样。

但出了密林之后，所谓鸟巢中的王者，最完美的鸟巢，毫无疑问当属橙腹拟鹂的巢。这是我们能见识到的唯一完美的悬巢。圃拟鹂的巢确实也有这个特点，但通常位置较低、凹陷更浅，更像莺雀的做法。

橙腹拟鹂爱把巢挂在高处摇摆的榆树枝上，隐秘是完全不必的，只要位置够高、树枝垂悬就足矣。这个巢所要求的时间和技术多过其他任何鸟类的居所，似乎一直在使用（也总找得到）某种特定的亚麻状物质。建成后形如悬着的大葫芦；墙体虽薄却牢固，再大的雨势都能抵御；入口处用马鬃镶边，或者叫锁边，侧面常常也用同样的材料完全缝接。

和对待隐秘性的态度一样，这种鸟对筑巢材料也没有特殊的讲究，绳或线本来是什么样，便保持着什么样。一位女性友人告诉我，有一天她在敞开的窗户前做活计，就在离开的一小会儿工夫，一只橙腹拟鹂飞进来，叼起一束纱线之类就打算匆忙返回建到一半的鸟巢工地。不想那团线偏偏不听话地挂在树枝上，鸟试图把它解开，结果却弄得线更加无望地缠在那里。她那一整天都在用力拉拽那团东西，可最后还是不得已，只好接受自己只能拽走几根零碎的事实。自此在树枝上拂动的那团线就成了她的眼中钉，无论何时从那里经过，她都会冲着线恼怒地叫一声，像是在说：“都怪你这团乱麻，害我费了那么大劲。”

宾夕法尼亚州的文森特·巴纳德（Vincent Barnard）写信给我，分享了一件有关黄鹂的趣事（这位先生还为我讲过其他不少稀奇事）。他说他有一位对此类事情很感兴趣的友人，在观察到一只黄鹂要开始筑巢时，就在最有可能的筑巢地点附近挂了一些多色的轻软精纺毛线，那位心情急切的鸟艺术家很快就拿去用了。这位友人有意做了安排，使它所用的各色鲜艳线团几乎等量。这个巢做得深而宽敞，美轮美奂，让人不由怀疑这样出自鸟类智慧的精美作品以前是否有过先例。

美国迄今最有天分的鸟类学家纳托尔曾有如下的描述：

我聚精会神地观察一只雌性（黄鹂）把一截十到十二英尺长的灯芯叼回巢。这条长绳和其他更多短绳最初都有一头耷拉在巢外，大约一周之后，绳的两头都被编进巢的边侧。其他使用类似材料筑巢的小鸟，有时会抽动这些拂动的线头，常常惹得这只忙碌的橙腹拟鹂恼怒地丢下工作出来查看。

这种鸟是其所属种类本能特性的一个典型代表，我在此要对她的生平略加铺陈，还请包涵。她筑巢约需一周时间，在此过程中不会得到配偶的任何帮助；雄鸟确实也会出现，但很少陪伴雌鸟，现在也几乎完全噤声。为获取所需的纤维类材料，她会折断、梳理、收集马利筋属（*asclepias*）和木槿属（*hibiscus*）茎中的亚麻纤维，扯下长线然后飞回她的建筑工地。她寻材料时显得迫切而匆忙，毫无顾忌或畏惧，即便有三个人在旁边小路上干活或有许多人光顾花园她也不在乎。其勇气和毅力实在可嘉。如果被盯得太紧，她就会发出惯常的“啧啧”呵斥声，也许是不解这不可轻忽的工作何以受到如此的干扰。

尽管雄鸟此时在忙碌的配偶到来时相对安静，我也不免观察到，这只雌鸟和另外一只雌鸟叫嚷声不停，显然是在争吵。最后我看见她开始狠命攻击那只不时狡诈地侵入她筑巢领地的外来者。此类争斗充满了怨气，且时常重复。这种敌意从何而来呢？我想起来近日这附近有两只俊美的雄鸟遭到猎杀，就此猜想，那只插足的雌鸟想必因而成了寡妇。但她现在已然征服了那只忙碌雌鸟的夫君，两只雌鸟间的醋意大战也就在所难免。那位插足者有了对原配不忠的情夫支持，开始筹备在旁边的榆树上营巢，把一些垂着的细枝编织起来作为巢的基底。雄鸟现在基本上都陪着新欢，甚至还帮忙营巢，但也并未把原配完全抛在脑后。一天傍晚原配柔情蜜意地低声呼唤他，他也同样回应。正当这一对如此轻语温存时，情敌突然出现，一场恶战随之发生，其中一只雌鸟看样子大光其火，双翅完全张开扑打着，像是感觉很受伤。雄鸟尽管在争斗过程中谨慎地保持着中立，这时却显出理应受到责备的偏袒来，和情妇双宿双归，在那天傍晚余下的时间里把那棵树整个留给了好斗的原配。最终，另外一种更加迫切、更加温柔的关怀化解或至少是终结了两只雌鸟的醋意大战；此类及别类鸟中从来都不缺单身汉，在这些邻居的帮助下，和谐美满的一夫一妻制得以恢复，森林也终于完全回归了平静。

我自然也不能漏掉巢建在山上岩石架下的普通绿霸鹟：它悬垂在突出的峭壁上，俯瞰着辽阔荒原；外表普通，覆满苔藓，内有四枚珍珠白色的鸟蛋。在见识过所有那些精致的高悬结构之后，可能再没有别的巢能像绿霸鹟的巢一样，给观者带来这般的愉悦——灰色沉寂的岩石，旁边是狐狸和狼藏身的洞穴，而就在这些走兽不可及的一个小凹进里，居然藏着这宛若天成的苔藓居所！

我所在的地区里，几乎每一块悬挑的高石下都有一个这样的巢。前不久，我沿着荒凉山谷中一条鳟溪往上游走，刚行了一英里路就见到五个，全都建在人能轻易够到的位置，但不至于受貂和臭鼬的袭击，也足以抵挡风雨。我生活的城镇里有一座长满松树和橡树的小山，山顶呈球形，外围半圈都是险峻陡峭的悬崖。沿着这排悬崖，在靠近山顶处伸出来一个奇高且多洞窟的岩石架。其中一块巨石层高高挑起，下方可容许一人或多人直立并自如活动。那里有一条甘甜的小溪，空气新鲜而冷冽。地面上是疏松的石头，以前印第安人和狼从这里行走，现在则成天被羊和狐狸踩踏着。我自童年起就常在这里流连度过夏日，或是躲避突如其来的暴雨，真是自在快活！永远清新凉爽，永远能发现灰胸长尾霸鹟精美多苔的巢。那鸟儿在你距离只有几英尺的时候才会从巢里飞起，落在旁边的枝上，不停晃动着尾巴，一脸紧张地看你。自人类在这个国家定居以来，这种霸鹟就时不时地把巢筑在桥、干草棚或其他人工建筑物下，这一行为不能不说古怪，因为在这些地方他很容易受到各种各样的侵扰。这些位置的巢筑得更大，更粗陋。我知道有一对灰胸长尾霸鹟连续好几季都在一个干草仓下面筑巢，一根原本用来支撑地板的柱子下陷了几寸，他们就在上面置了三个巢，对应着它们在此居住的年头。巢的基底以泥巴筑成，上体结构用的是苔藓，内部精巧布置着各类毛发。这些巢无论哪一个，内部都精致完美，但他们依然季季新建。不过每个巢内通常会生养三窝幼鸟。

霸鹟科就整体而言，是我们所知最杰出的鸟类建筑师。王霸鹟的巢让人赞叹不已，会运用各类柔软的棉和羊毛材质，在坚固性和保暖性方面不惜时间和材料。绿纹霸鹟（green-crested pewee）很多时候完全使用白橡木的花来营巢。绿霸鹟用苔藓和地衣，在横枝上建一个整洁紧凑的窝形巢，周围丝毫不见散落的细条或碎片；雌鸟孵蛋时大部分身体都高出巢的边缘，她随意地转着头，样子十分自在，这种神态是我在其他鸟类身上不曾见到过的。大冠蝇霸鹟的巢几乎毫不例外地会用到蛇皮，有时候达三四张之多。

就自身特征而论，最薄、最浅的当属斑鸠的巢。随便把几根细枝、草秆扔在一起，就算是个窝了，甚至不足以让鸟蛋无掉落或滚出之虞。旅鸽的巢也同样敷衍了事，导致雏鸽经常落地夭折。常见鸟类中另一种极端例子是褐弯嘴嘲鸫，它会收集一大堆足有半蒲式耳[①] 的材料；还有鱼鹰，年复一年只是修修补补，直到巢的整体结构变得足有满满一车那么大。

最罕见的是雕（eagle）巢，因为雕本身就是最罕见的鸟类。实际上，每一次遇见都像是出于偶然，好像他正在前往某个未知远方的途中，只是在我们这里稍作

① 蒲式耳（bushel）是英制容量及重量单位，约等于36.37升。主要用于量度干货，尤其是农产品，但作为重量单位时根据不同对象有不同定义。——译者

停留而已。少年时期，某年九月，我见到了一只环尾雕(ring-tailed eagle)，这暗色的巨鸟令我敬畏感顿生。他在山间徘徊了两天之久。从房屋所在位置能清楚地看到一道通往山上的高岭，几头小牛、一匹两岁的小雄马、五六只绵羊正在那里吃草。第二日，我看到这位披着深色衣冠的君王在畜群上方翱翔，稍后开始在它们顶上盘旋，样子正如鹰隼在搜寻鼠类。随后他伸直双腿，慢慢落在畜群身上，确切地说是钩住了小牛的背部，把这帮动物吓得惊恐万分，在牧场里四散奔逃。后来他胆子越来越大，下落的次数也更频繁，导致整个畜群冲过篱笆，“疯了似的”直奔房子而来。他的袭击似乎并非旨在杀戮，可能是分散畜群的一种策略，目的是让小羊脱离紧跟着的牛群。当他间或落在附近的橡树上时，能看见他身下的树枝在重压之下摇摆弯曲。最后，一个猎人开始持枪瞄准，他这才升上空中，张开翅膀朝南飞去了。几年之后，某个一月，又有一只雕经过这一带，落在某具动物死尸旁边的田地里，但只停留了一小会儿。

关于这种猛禽我能亲历识别的就是这些。这种鸟在东西半球的北部地区均很常见，筑巢通常选在陡峭的岩石上。曾有一对雕连续八年都把巢建在哈得孙河沿岸一个高不可及的岩石架上。以前曾有一个班的独立战争士兵也在这条河沿岸发现了一个雕巢，并和雕进行了一场搏斗，差一点导致其中一人丧生。此人身上绑着绳子，由同伴拉拽着，下到鸟巢处去抓鸟蛋或者幼鸟，结果招来愤怒的雌鸟猛烈攻击，他不得不挥刀自卫，但一击失误，几乎割断了身上绑的绳子，后来同伴仅靠一股绳子才把他从岌岌可危的境地里拉了上来。讲述这段轶事的是奥杜邦，他认为这是一只金雕（golden eagle），但我相信威尔逊所言不假，金雕是一种截然不同的类别。

奥杜邦称，海雕（sea eage）也在高处的岩石上建巢，但威尔逊曾描述他在大蛋港（Great Egg Harbor）附近见到一个海雕巢，是在一棵大黄松树顶。巢体集合了一大堆细枝、草皮、莎草、杂草、芦苇等物，高五六英尺，宽四英尺，几乎完全没有凹陷。这巢已使用多年，当地人告诉威尔逊，海雕无论哪个季节都把这里当成家或者居住地。这些文字符合奥杜邦对白头海雕（bald eagle）巢的描述，显然这两位对此都有些混淆不清。

雕从来都是一个巢用上好几年，其间可能做些修补。常见鸟类中有很多都有同样的习惯。据此以及亲缘特征，可将鸟类分为五大类别：一，修缮或继续使用上一年的巢，比如鹪鹩、燕子、蓝鸲、大冠蝇霸鹟、猫头鹰、雕、鱼鹰及其他几种；二，每一季都营建新巢，但在同一个巢内通常会生养好几窝幼鸟，其中以灰胸长尾霸鹟最为典型；三，每产一窝都新建一个巢，大多数鸟属于此类；四，自己不筑巢，只占用其他鸟的弃巢，此类为数不多；五，根本不用巢，把蛋产在沙子里，很多水禽都属此类。海鸥在长岛南岸的沙洲或沙岛上大量繁殖，成鸟在沙子里刨一个浅坑，产下蛋之后就不管不顾了。到了适当的时候，鸟蛋在日照作用下破壳，雏鸟须自谋生路。七月，各个年龄、各种体格的海鸥大量聚集在这些荒芜沙地上，浪花退去时，他们匆忙冲下沙滩，啄起海洋施舍的食物，然后赶在下一波大浪来袭之前退回原地。

一八六六年

主红雀

第五篇
春都观鸟

我一八六三年秋搬来华盛顿居住，自此除每年夏天在纽约州内陆度过一月光景外，就一直生活在这里。

初抵这里的第二日，就在博物学方面首开眼界。我正在城北的林边散步，忽见一只体型奇大的蚱蜢从地上飞起，停在一棵树上。在追赶他的过程中我发现，其野性以及翅膀的快速挥动能力简直堪比鸟类。我觉得自己无意间闯入了蚱蜢国都，偶遇的这位可能是某个首领或头目，甚至就是正在户外透气的国王本尊。不过对此我始终未能确定，因为每年秋季都会在树上发现几只这样硕大的生物。他们体长约三英寸，带灰色条纹或斑点，样子酷似爬虫。

然而，于我而言最大的新奇之处，还是无比美妙的秋日气候，明亮、浓郁、热烈，一直持续到十一月，整个冬季也非常温和。温度有时也会降到零度以下，可大地绝不会被寒意摧残得凋零枯萎，在一些避风的角落旮旯里，植物生命的迹象依然存在，只要稍加鼓励就显出茁壮的气势来。在这里月月都能看见野花：十二月有紫罗兰，一月有一株茜草（长在一小块冻得像石头似的土里），二月是一种杂草样的小小植物，长在碎石道旁和翻耕过的田地里，花朵奇小。叶苔有时候在三月的第一个星期就早早冒了出来，小青蛙也差不多在同时期开始迟疑地鸣叫。愚人节时杏花常常已经绽放，至五月节，苹果树也开花了。到了八月，母鸡会领着第三窝小鸡出来散步；我养过一只，三月份还是小母鸡，到九月已然家丁兴旺。我们的历法是依这样的气候而定的。三月是春天的月份，在头八天或十天里，你肯定能看到一些鲜明的变化。今年（一八六八年）的春天来得迟了，直到十号才显出新貌来。

接着，太阳从雾海中升起，劲头十足地散发温情暖意。有那么一两个钟头，空气是凝滞不动的，充盈着万物苏醒时的窸窸窣窣声。光秃秃的树木全都带着一副着迷、企盼的神情。从旁边一块未开垦的公用空地里，传来歌雀鸦的第一声鸣啭；因为熟稔于心而显得稀松平常，却又带来妙不可言的愉悦之感。少顷，大合唱响起，温柔、悦耳，虽然半压抑着，但欢乐之情真真切切。蓝鸲啼啭，知更鸟鸣叫，雪鸟叽喳，草地鹨的音调又炽烈又温柔。一只红头美洲鹫（turkey buzzard）在一块废弃地上方低旋，随即停在一根篱笆桩上，伸展着翅膀拍打片刻，好让自己站稳。柔和、温煦、沉静的一天。许多地方路面正在变干，在降雪和泥泞过后看上去如此舒畅。我越过市界，翻过子午线山①。走在变得干燥的路面上，

① 位于白宫正北方的一座公园，历史上美国公认的本初子午线即白宫子午线曾在此地设下标记，因而得名。——译者

感受着宜人的温暖，夫复何求。牛群悠远低沉地哞哞叫着，忧郁地望向远方。我心有共鸣。每年春天来临时，我都会产生一种几乎无法遏制的渴望，想要离开这里。某种游牧或迁徙的本能、某种回忆在我胸中激荡。我迫不及待要启程。

行走途中，扑翅䴕的叫声从远处传来，和我在北方听到的一模一样。停顿片刻后，他开始重复。还有什么能比这早春的初响更加悦耳？他们已经静默了太久！

一出华盛顿市边界，就完全到了乡下；再走上十分钟，便进入真正的原始森林。华盛顿城还不像北部的商业城市那样大肆蔓延，这里的自然凌乱不羁，直抵——在很多地方甚至越过了——城市边界。

很快就到了森林，此间一片岑寂荒凉。生命回归的迹象微乎其微，但空气里有股清新的泥土气息，好像有什么东西在树叶底下搅动。乌鸦在林子上方呱呱叫着，或是在褐色的田野上散着步。我长久地注视着那些阴郁沉默的树木，可它们一无所示。在一口小池塘边，一些桤木刚刚开始吐露葇荑花序；在一片温煦的山坡上，我拨开干叶和碎屑，发现叶苔刚抽出一枚毛茸茸的柔弱嫩芽。但水生世界已经孕育成熟；小青蛙正在鸣唱，每一片沼泽、每一口池塘里都传来他们颤巍巍却悦耳的合唱。我朝其中一个集合点（一个半流不流的小水洼）中窥探，发现底部有大量蛙卵。我捞起好几大块这种冷冰冰颤抖着的果冻状物。有的地方甚至有好几加仑。同行的一个年轻人好奇这玩意儿烹熟后味道如何，或者能否代替鸡蛋。这是一种非常完美的胶状物，呈浅牛奶色，带有密密麻麻的小鸟眼睛般大小的黑斑。刚产下时完全透明，经过八到十天的孵化，逐渐吸收周围的胶状物质，就变成了小蝌蚪。

在城市里，早在商店橱窗捕捉到灵感之前，大街小巷两旁的白杨树就已吹响了春的号角。几个和煦温暖的三月天过后，你忽然发现树木都起了变化，树顶没那么秃了。如果天气保持和暖，再一天就能带来奇迹。树木很快会变成带着灰色绒毛流苏的巨大翎子，但此时你看不见一丁点儿绿叶。到了四月的第一周，这些活灵活现的长毛毛虫就会遍布街道，填满水沟。

乌鸦和美洲鹫也在预告春的来临，他们在城市周边迅速聚集，变得大胆而惹眼。这里整个冬季都有很多乌鸦，但除了往返弗吉尼亚森林的冬营地时从高空经过，他们基本不太引人注意。清晨，只要天光允许，你就能看见他们向东划过天空，队形忽而松散忽而紧凑，或独自飞行或三两成群，但都朝着同一个方向，也许是要去往马里兰州东部的水域。夜晚将至时他们开始折回，以同样的方式，飞向城市西面波托马克河上的森林高地。到了春天这些日间集体活动就停止了；大家族分裂，群栖地被弃，鸟儿分散各处。这似乎是通行做法。你或许认为，当食物极度匮乏时，鸟类成对或成队分散在广阔的乡间会是首要策略，因为在群集只能挨饿的地方，小队也许能够存活。但事实上，冬季只有在某些界线明确的区域地带，比如沿河地带和海湾、湖泊的岸边，才有可能找到食物。

在纽堡市以北数英里的哈得孙河沿岸地区，乌鸦以同样的方式往返冬营地，清晨南飞，夜间返回，有时被强风吹得过于贴近山丘，不得不受藏在树和篱笆背后、拿着木棍和石头的学童攻击。那些到了傍晚才奋力飞回的晚归的鸟，常常不堪长途跋涉的劳累和强气流的压迫，只要风或地面上的突起物要求他们多花一点力，他们就好像快一头栽倒似的。

一待开春，华盛顿就常常可见红头美洲鹫了。他们或是悠然翱翔在两三百英尺的上空，或是低掠过一些公用地或开阔地，在那里偶尔能发现狗崽、猪或家禽的弃尸。有时会看见六七只落在这类食物上，宽大的暗色翅膀完全张开，互相恫吓、追逐着，与此同时可能有一两只正在进食。他们的翅膀大而灵活，站在地上时，翅膀只轻微一动，就足以使脚离开地面。他们在空中的运动英姿飒爽赏心悦目，无论从哪个方面看，都跟我们常见的库氏鹰或红尾鵟一般无二。他们飞行时一律神情镇定、举重若轻、持久不停，在空中划下同样的巨大螺旋轨迹。翅和尾的形状，确切地说是他们在天幕下的整个轮廓，除体型和颜色外，几乎与上面提到的红尾鵟一模一样。常能看见十几只一起在高空中安详自得地划圈，借以自娱。

他们不如红尾鵟那么主动警觉；从不借翅悬停，从不在空中俯跃，从不向下猛扑猎物；另外一个不同点是，他们似乎没有对头。乌鸦斗鹰隼，王霸鹟和拟八哥斗乌鸦；但谁也不在意美洲鹫。他不会激起任何一方的敌意，因为他谁也不招惹。乌鸦因鹰隼劫舍掠子而对之怀有宿怨，王霸鹟斗乌鸦亦出于同样的理由。但美洲鹫从不攻击活物，在能得到腐肉的时候绝不会去猎取鲜肉。

到了五月，和乌鸦一样，他们也突然几乎绝迹，也许是去了近海岸的繁殖地。此时雄鸟是否会跟雌鸟分道而行？无论如何，七月份我发现一大群美洲鹫栖息在城外约一英里处靠近岩溪的树林里，由于未见他们在附近营巢，我猜想可能是雄鸟。当时太阳刚落，我恰巧因为观察一只飞鼠的巢而在林子里逗留得晚了，这时美洲鹫开始三三两两地飞来，落在周围树上。不一会儿，来的数目更多了，但都是从同一个方向低飞掠过林子，然后在树木居中的枝上停下。每一只在落定时都会从鼻子里发出极响亮的喷气声，像母牛倒地时的习惯一样；这是我听过的美洲鹫发出的唯一一种声响。随后他们像火鸡那样舒展身体，在枝上走来走去。有时两三只的重量会把干枝压得咔嚓断裂，他们就一个猛力扑扇，飞到别的立足点去了。队伍不断壮大，到天光消尽时，我周围的树上已满满当当。我开始感觉紧张，但还是没挪步。天色全黑万籁俱寂之后，我拢了一大堆干树叶，用火柴点着，想看看他们对火光有何反应。一直等到干叶子完全燃起来，鸟群中才有了声响，并瞬间引得全体躁动，动静大得让我以为树顶就要劈头盖脸压将下来。但很快地，鸟散林空，这些让人不安的家伙消失在夜色中。

六月一日前后，我曾见大批美洲鹫在波托马克河大瀑布上方翱翔。

关于此地后半冬的常见鸟类，也许可以从我二月四日的这段日记摘录中得见一二：

穿林翻山来了一次长途远足。从国会大厦径直向北走了约三英里。大地还光秃秃的，天气寒冷肃杀。郊外散布着爱尔兰人和黑人的棚屋，忽然飞来一群鸟，四下觅食的样子像极了我们的雪鹀（Northern snow-bunting）。他们不时发出忧郁的叫声，仿佛正在经历悲痛。原来是角百灵（horned lark），我还是第一次见。他们具有百灵科鸣禽的步态特征，体型较雀鹀稍大，胸前有一黑斑，下体多白色。我走近时，近处的那些停止了动作，半蹲着狐疑地看我。片刻之后，我胳膊一动，他们全飞走了，姿势与雪鹀如出一辙，露出几乎同样多的白色。

（后来我发现，在二三月份，角百灵是这里常见的候鸟，他们会被大量猎杀或捕获，拿到市场上贩卖。一个大雪天里，我曾在一个非常靠近市区的大型市场菜园中，看见很多角百灵在觅各种杂生植物的种子为食。）

接下来的路程让人神清气爽。顺着一条小溪走，这是台伯河（Tiber）的东支流，两岸长满灌丛和蔓生的绿蔷薇。雀鹀四下窜动，飞过那些小小的弯道和拐角。刚出市界的地方有一些松树，看见许多穿着灰色冬装的美洲金翅雀正在那里啄食松果。还有一只金冠戴菊（golden-crowned kinglet），就是一小团灰色羽毛，精灵似的跳来跳去。难道这些古松上的果实也足够精细，正合他的胃口？继续往前，在一些低矮开阔的林子里，见到了许多种雀鹀——狐色雀鹀、白喉带鹀、白冠带鹀、树雀鹀、歌雀鹀、沼泽带鹀（swamp sparrow）等，齐聚在有遮挡而温暖的林子边缘。居然还见到了一只棕胁唧鹀，以及黄腰林莺。紫朱雀也在，还有卡罗苇鹪鹩（Carolina wren）和旋木雀。在地势更高、更寒冷的林子里，一只鸟也没遇见。太阳将落时回返，横穿一座俯瞰城市的小山东坡时，欣喜地见到了许多草鹀，或称栗肩雀鹀（*Fringilla graminea*）——这种鸟在我心里总是与父亲的牧羊场联系在一起。他们跑在我前面，一会儿跳上一两步，一会儿在低矮的作物茬子间躲躲闪闪，跟我少年时期观察到的样子完全相同。

一个月后，也就是三月四日的日记写道：

在林肯总统隆重的二次就职典礼之后，开始今年的第一次出行。下午的天气明媚温暖——终于有了真正的春日阳光，尽管风刮得好似狮吼山林。在离白宫两英里不到的地方，见一个老实巴交的林木工正在伐木，好像今天压根没有什么总统就职似的！这事儿够新鲜的。几只小狗紧紧地团在一棵老树中空的树洞里，伐木工说是一只野狗的崽子。我觉得曾在岩溪（Rock Creek）对岸见过这只“野狗”——样子万分悲伤惶恐，来回奔跑尖叫呼喊，满脸愁苦地望着汹涌的水流，却没有胆量涉水而过。我今天平生第一次听闻树雀鹀的歌声，柔和甜美，近乎颤音。看到一只黑丝绒般光亮的小蝴蝶，翅膀边缘镶着黄色。在一处温暖的岸边，见到两朵盛开的茜草花。在松枝溪（Piny Branch）附近发现了蛙卵，也听到了雨蛙鸣叫。

最先在华盛顿露面的鸟类里，拟八哥是其一，进入三月后就随时可能出现。他们喜欢成群活动，常常光顾小树林和公园，有时聚在树顶尖厉嘹亮地叫，有时落在地面觅食，走动时身上光滑的纯黑外衣就在阳光下闪闪发亮。在这个季节，这种鸟灵魂里显然确有音符涌动，只可惜在释放时始终不得要领，因而声音听上去总像是得了重感冒——不过在早春明朗的下午从远处听他们合唱，倒也不算刺耳。空气里充满了噼里啪啦、碎裂喷涌、半似音乐的声响——对耳朵来说都是丰富的调料。

拟八哥占据了城市里所有公园和公共用地，他们尤其喜欢白宫附近的树木，在那里繁殖，跟其他所有鸟都打架。有一天，财政部大楼西翼一间办公室里，人们忽然注意到有什么东西猛烈撞击在窗玻璃上。再往上看，他们发现一只拟八哥正悬停在离窗户几英尺远的半空。宽大的石质窗台上，躺着一只浑身抽搐的紫朱雀。眼前的悲剧不难解读：拟八哥追紫朱雀追得气势汹汹，后者绝

玫红丽唐纳雀 *Summer Tanager*

丽彩鹀 *Painted Bunting*

望之下试图向财政部寻求庇护，结果撞在厚实的平板玻璃上造成剧烈震荡，可怜的家伙当即毙命。如此突如其来又不同凡响的生命终结方式显然让猎手大为震撼——他盘旋了片刻，像是在确认刚刚发生的事件，随即离开了。

（鸟类在面临天敌的致命威胁时，由于强烈的恐惧而转向人类活动场所寻求庇护，这并不少见。以前住在农村时，十月的一天中午，我进屋后惊诧地发现一只鹌鹑停在我的床上。这又害怕又困惑的鸟儿，立即从开着的窗户飞走了，此前肯定是被鹰追赶才从那里飞进来的。）

拟八哥身上有其原始型即乌鸦的一切狡慧天性。财政部大楼的一个内庭里有一座喷泉，旁边长着些树。至仲夏时节，拟八哥已经胆大得敢进入庭院，从周围窗户里扔出来的各种食物碎屑就是对他们胆量的最佳奖赏。有时候人们发现，如果面包太干太硬无法入口，他们就把它丢进水里，等充分浸泡后再捞出来。

他们用粗糙的树枝和泥巴营巢，工程重任似乎全落在雌鸟身上。曾经一连好几天，太阳初升那会儿，我在园子里劳作时总能看见一对拟八哥从我头顶上方来来回回地经过，去时朝着约半英里外的一块沼泽地，归来后就消失在国会大厦附近的树上。回程时雌鸟总会衔着些筑巢材料，雄鸟则嘴上空空，一副护卫模样，飞在稍靠前靠上的位置，不时发出沙哑刺耳的鸣叫。我抓起小土块朝他们扔去，雌鸟惊得丢掉了嘴里的砂浆材料，然后夫妇俩一起愤愤地飞走了。后来他们偷了我的樱桃以示报复。

不过这里最狡猾的樱桃窃贼，和北方一样，是雪松太平鸟，或者直接称之为“樱桃鸟”。他们一下子就能认出哪棵是樱桃树！远在樱桃开始变红之前，他们就在周围警觉而谨慎地逡巡，通常以小队形式在高空中划着圈，发出优美的叫声，或是迅速飞进远处的树冠。日子一天天过去，他们一天天逼近，一边警戒四周，一边盯着成长中的果实。几乎还没等绿色的小圆果实被太阳染红脸颊，他们就开始啄食。起初还是从背向房子的一侧偷偷靠近，三两一伙飞快冲进樱桃树丛中，其余大部则隐蔽在不远处的树影里等待袭击。他们最常在大清早和阴雨天发起破坏。樱桃变得越来越甜，鸟也变得越来越猖狂，冲他们扔草团已经没用了，得用石块动真格的才行，否则就会颗粒无收。到了六月，他们就销声匿迹，追随着樱桃去了北方，七月份就在那里的果园和雪松林中筑巢。

在此地的夏季常住居民里（也可称为“市民”，因为他们在城里的数量似乎要多于城外），黄林莺（yellow warbler）格外醒目。他在四月中旬前后到来，似乎尤为青睐白杨树。无论什么时候，在任何一条街上，都能听见他尖细的鸣啭。营巢的时候，雌鸟会光临你的庭院，从晾衣绳上啄下一些线头，好编进她的巢里。

燕子出现在华盛顿是从四月初到四月中。他们一路啁啾，让每个新英格兰地区的男孩都感觉亲切无比。家燕最先叫起来，一两天之后是美洲燕（cliff swallow）短而尖厉的声音。烟囱雨燕也不会落后很久，来了之后整季都留在这里，且为数甚多。紫崖燕（purple martin）在四月北上途中会露个面，到了七八月，又带着幼鸟再经此地返回南部。

华盛顿地处一片极为辽阔、树木繁茂、处于半开垦状态的乡村地区，本身面积也非常大，有那么多公园和大片的政府保留用地，因而整季里有不计其数的鸟在这里落脚。一些罕见的莺鸟，如白颊林莺（black-poll）、棕榈黄林莺（yellow red-poll）和栗胸林莺（bay-breasted)，五月北上途经此地时会稍作停留，在城市正中心地带捉些虫子。

我曾在白宫附近的树上听见过棕夜鸫。后来，四月的一个雨天，清晨六时左右，他来到我园子里的一棵梨树上，吹奏出温柔婉转的乐音，音符里流淌出来的甜美与野性，与六月份在我们北方的深林里听到的一般无二。过了一两日，还是在那棵树上，我第一次听见了金冠鷦鹩或称金冠戴菊的叫声——有鷦鹩叫声普遍的流畅和变化特征，但比我知道的其他任何一种同属的声音都更加纤弱柔美；先是一个微弱、圆润、细如针尖的音符，逐渐升高，变成圆满而持续的鸣啭——乐曲整体非常美妙动听，演唱者在歌唱的同时还一直在忙着捉虫。如果红冠戴菊的歌声同样如此美妙（这一点毫无疑问），那奥杜邦在拉布拉多地区的荒野听闻其声之后对他的热情就绝没有夸大其词。歌声是唯一能将戴菊与鷦鹩联系起来的特征。

国会大厦的地界内长着许多种类的参天大树，吸引了各种鸟类。建筑背面的广阔地带更是上佳，因是缓坡，温暖且有防护，植被也相当茂盛。早春时节我常来这里听知更鸟、灰嘲鸫、拟八哥、鹪鹩等唱歌。到三月份就能见到白喉带鹀和白冠带鹀了，他们或是在花床上跳来跳去，或是躲在常青灌木里狡黠地向外窥视。知更鸟在草地上恣意蹦跳，丝毫不理睬看护员用大字书写的警示语，有时——特别是在日落时分——还会站在树顶纵情高歌。

王霸鹟和圃拟鹂整季都留在这里，在树顶繁殖。午前任何时候，你都能在那里听到圃拟鹂变化丰富、持续不绝的歌声。有些鸟的叫声如猩红色——炽烈、热情、有力。这正是圃拟鹂的特征；唐纳雀及各类蜡嘴雀也是如此。而其他鸟，比如某些种类的鸫鸟，叫声总让人想到头顶那宁静的蓝色。

二月，在史密森学会附近区域能听见狐色雀鹀的歌唱，声如哨音，强烈有力、变调丰富，是我听过的最优美的雀鸣。

五月这里会出现一种又新奇又悦耳的声音。你正在柔和的晨曦中散步，忽然，从某个神秘的所在爆发出一阵刺歌雀的旋律。二十副歌喉同时倾吐着一首简洁、欢闹、优美的赞歌，随后又戛然而止。那声音里有一股奇特的距离感和吸引力。稍后你会发现源头远在高空之上，眼快的话还能瞥见那欢快的群鸟正奔北而去。也许是他们经过时嗅到了遥远下方草地的芬芳，于是吐出乐音片段以表期待。

刺歌雀并不在特区内繁殖，但迁徙途经时常会停留，白天就在城市北面的草地上觅食。若是季节来迟，他们会在这里逗留一周到十天时间，毫不拘束地自在歌唱。他们成群结伙寻遍地面各处，时常悬停在空中或落在树顶，随即张口直抒胸中快活，向空中释放出浩瀚无边的乐音。

他们继续向前，夜里行进，白天觅食，到五月中旬之后才销声匿迹。到了九月，他们开始返程，此时数量已大为增加。最初意识到他们返回，是由于夜间听见他们从城市上空飞过时的叫声，有时候异常清晰。我夜半醒来，躺在床上，透过敞开的窗户，听见他们隐隐传来的音符。莺鸟也差不多同时开始返回，怯怯的“哎哎”声清晰易辨。在多云的暗夜里，鸟儿似乎会被城市的灯光迷惑，公然在城市上空徘徊。

同样的新奇现象在春天也会发生，不过能辨识的只有少数几种声音。我听出有雪鸟、刺歌雀、莺鸟，五月上旬有两个晚上还非常清楚地听见了鹬的叫声。

在这里，六月的草甸上见不到刺歌雀，只有美洲雀。这种鸟与雀鹀非常接近，就歌唱表现而言，即便称不上极其动听，也得说是极其执着。他栖在篱笆上和路边的树上，张开尾羽，发出尖厉的叫声，转译成人类语言大致为“飞兮，飞兮，飞，飞，飞”。和初夏时节所有鸟鸣一样，这叫声不久就具备了一种与其内在品质完全无关的听觉魅力。

出了城市，最吸引漫游者和自然爱好者的地方要数岩溪地区。岩溪是一条水流湍急的天然大溪流，发源自马里兰州内陆，流入夹在华盛顿和乔治敦中间的波托马克河。流出华盛顿五六英里处，风景绮丽多变：流域内深谷多树木，时有悬石和高而险的岬角，无异于一陡峭峡谷；一会儿在长而幽暗的河段歇息，一会儿又急绕过弯道或越过岩床；不时接纳一些小溪细流，得以打开左右视线，两侧风景堪称美不胜收——岩溪具备了一切必要元素，成就了一片怡人同时又充满野性趣味的粗犷风景。联邦内恐怕再无城市像华盛顿一样，在紧挨边界之地就拥有这样的自然美景，这样通常只能企望在偏远山林里体验的壮丽风光。从乔治敦起，一直到人称“晶泉”（Crystal Springs）的所在，距离国务院现址不超过两英里，这一整片区域只要稍加美化，就能变成世上最无可比拟的公园。两地之间有一些荒凉的小道，像哈得孙河或特拉华河在山里的发源地一样，远离一切文明。

岩溪在这一带的支流，有一条名为松枝溪。小归小，但汩汩之声不绝，流经一个风景如画的山谷，几乎全程都有橡树、栗树和山毛榉林的庇护，幽岩僻地不计其数。

自然也不能不提此区域内那许多股泉水，每一股都是某个荒寂角落的中心，或许通向一条一两百码长的小山谷，走在山谷里能瞥见或听见主干溪在下方奔流。

我散步时最常往这个方向走。男孩们也是，星期天会成群结队来游泳，在周围闲晃，释放体内残留的那种近于野蛮的杀戮本能。无论何种形态的生命体，在近水的地方最是丰富。茂盛的植被滋养了昆虫，昆虫又引来了鸟类。三月的第一个星期，在光照持久充足的南坡，我常能发现盛开的獐耳细辛（hepatica），但花茎不过一寸长。在泉溪里，臭菘（skunk cabbage）努力将尖矛拱出腐殖质土壤，最先出来的倒是花朵，好像大自然在这里出了错一般。

到四月一日左右，很多野花才开始绽放，其时最可能见到的有獐耳细辛、银莲花（anemone）、虎耳草（saxifrage）、藤地莓（arbutus）、茜草和血根草（bloodroot）。一周之后，春美草（claytonia）、水田芥（water-cress）、紫罗兰、一种矮毛茛（low buttercup）、野豌豆（vicia）、紫堇（corydalis）和委陵菜（potentilla）也出现了。这些是四月主要的开花植物，在岩溪和松枝溪流域遍地可见。

每一处小山谷或泉溪里都有一种主要的植物类型。我很清楚哪里的叶苔最先冒出来，哪里的最大最美。鸟足堇菜（bird's foot violet）在干燥、多碎石、有些林木的山坡上长得郁郁葱葱，在相邻的区域却几乎没有。我在北方从未见过这种花，它是紫罗兰属植物中最漂亮、最引人注目的一种，所有喜欢光顾树林的人都会对它赞美有加。它聚成小簇生长，与花园里的三色堇十分相似；两片丝绒般的紫色花瓣像一袭华丽的斗篷，披在纤弱的肩上。

同样是在这片山坡上，也唯独在这里，我会在五月一日前后去寻羽扇豆（lupine），或称日晷花（sun-dial）。距它还有一小段距离时，你会发现大地像是被染成了一片蓝色。在另一侧的北坡，整个四月上旬，藤地莓的芬芳萦绕着整座荒林。再往前几步，在一条小泉溪的底部，会发现曼德拉草（mandrake）正用小小的伞为地面遮阴。它在四月初就开始将绿色的指尖拱出地面，但直到五月初才会开花。那是一朵像蜡似的白色花朵，散发着甜得发腻的香气，紧贴在宽大多叶的顶端下方。溪边还长着水田芥和两种银莲花——宾夕法尼亚银莲和栎林银莲。血根草遍布在岩溪地区森林里几乎每一处温暖的山脚，只要风帮过忙把它埋在干叶堆里，它几乎能和叶苔同时冒出来。奇妙之处在于，这些早春的花只需要那么一点点温度就能绽放，就好像事先已经有某种力量在地下作了万全准备，一待外界温度回暖，它们就立即竞相开放。在一周里还有两三天夜间依然寒冷刺骨时，我就已经见到血根草了；我也知道在八英寸厚的积雪下面，至少有三种早春花朵已经开放。

春美草也是岩溪地区一种常见花朵。和大部队一样，也呈带状分布。当你全神贯注地欣赏紫罗兰或藤地莓时，相隔几步之外，视线就会被春美草俘获。它长得熙熙攘攘，让你几乎无法在落足时不踏坏花朵。午前散步的人才能见识到它们最淋漓尽致的美，因为正午过后它们的眼就阖上了，娇美的头颅也在睡眠中垂了下来。我只在一个地方见过仙履兰，黄色的一种。在这个地区不受界线约束的是茜草；四月之前，它在森林边缘温暖潮湿的地方以及半开垦的田地里煞是惹眼，可到了五月，它已遍布所有这些地方，从横穿荒野的公路上望去非常明显，轻烟一般缭绕在地面之上。

五月一日，我会去岩溪或松枝溪地区听棕林鸫的歌。这一天总能碰到他优哉游哉地唱着神圣的赞歌。同时期，甚至再早些，也能见到别的鸫鸟，比如棕夜鸫、斯氏夜鸫（olive-backed）、隐夜鸫——后两种保持缄默，前一种倒是时常鸣啭。

有时候在五月上旬，我会发现林中上上下下挤满了莺鸟。他们搜遍了所有枝叶，从最高的郁金香到最矮的山胡椒，无一遗漏，可见在漫长的北迁途中对食物的渴求是何等强烈。夜间他们全飞走了。在短暂逗留期间，有些莺鸟，比如北森莺、栗胁林莺和橙胸林莺，会像在繁殖地里一样自在地歌唱。我有两三年都曾偶遇小群的栗胸林莺，在高地的一片橡树林里觅食。他们很小心，只待在树丛里，行移非常缓慢，而且显然只打算稍作停留。

夏季在这里居留的莺鸟很少。我见过的有黑白森莺、黄腹地莺（Kentucky warbler）、食虫莺、红尾鸟，以及在岩溪附近繁殖的蚋莺（gnatcatcher）。

迄今为止，当中最有意思的是黄腹地莺，但非常罕见。我见到他都是在林子里低处湿地，通常在溪流边的陡坡上。先是频频听见清脆有力、铃铛般的哨音或颤音，之后当他从地上跳起去抓树叶背面的昆虫或毛虫时，能瞥见其踪影。这是他的典型动作。他属于地莺一类，能及的高度非常有限，实际上是我见过的鸟类中活动高度最低的。他几乎全部时间都待在地面上，快速移动着捕捉蜘蛛和昆虫，掀过树叶，朝树枝底下和缝隙里窥探，不时跳上八到十英寸，好从悬着的枝叶下方攫取猎物。由此可见，每种鸟类的活动范围多多少少都是确定的。在地面以上三英尺处画条线，这就是黄腹地莺平常的觅食范围。再高个六到八英尺，是食虫莺、黑胸地莺、黄喉地莺这些鸟的界线。黑喉蓝林莺在自己的活动区内，偏爱高树低枝和低树高枝。鸫鸟觅食主要在地面或靠近地面处，有些莺雀以及纯种霸鹟喜欢最高处的树枝，莺属则一律选择繁茂的灌木丛。

黄腹地莺相对于同属来讲体型很大，样貌非常醒目：背呈鲜艳的橄榄绿色，喉和胸是亮黄色。另外一个更显著的特点是，他脸侧有一道黑色条纹，一直向下延伸到颈部。

这里还有一种常见鸟类是我在北方从未见过的，即奥杜邦所称的灰蓝蚋莺。其形态举止近乎小一号的灰嘲鸫，小猫似的喵喵叫，竖起尾巴，左右摇摆，耷拉下翅膀，因你的出现打搅了他而做出一系列动作，在很多方面都像极了他的灰色原型。至于颜色，背为浅灰蓝色，再逐渐变淡，至胸腹变为白色。这种鸟非常小，尾巴纤长柔顺。其歌声含糊不清，喋喋不休又有失条理，有时似与金翅雀有几分相似，有时又像小型的灰嘲鸫或小扑翅，变化无穷，但无整体性，亦少节奏。

另外一种让我感兴趣的鸟是白眉灶莺（Louisiana water-thrush），也叫大嘴水鸫或水鹡鸰。这是常让鸟类学家混淆的三种鸟之一，其他两种分别是有名的橙顶灶莺 (*Sciurus aurocapillus*) 或称林鹡鸰，以及黄眉灶莺（*Sciurus noveboracensis*）或称小水鸫。

白眉灶莺在这里数量不算丰富，但岩溪沿岸也能时常见到。这种鸟动作迅捷，性情活泼，属于快乐歌唱家那一类。我曾在一个晴朗的五月天里，见到这样的一对在两条小溪间来来往往，有时落在中间某个歇脚处，雄鸟冷不丁开始唱起歌来，那是我听过的最兴高采烈、最信口拈来的声音之一。他的歌是突然的爆发，开头三四个清晰圆润的音符极似单簧管的某些音，结尾则是一串快速繁复的颤音。

他身上只有颜色类似鸫鸟：背为黄褐，腹为灰白，喉胸带斑。习性、举止和叫声更接近百灵。

每次去岩溪附近散步，都会被黄胸大鹏莺逗乐——有时也会被惹恼。这种鸟虽然也有灰嘲鸫的某些举止、体型特征，但绝对独一无二。与这位喧闹欢乐的语言能手相比，灰嘲鸫显得温和而女气。他的叫声响亮有力，又极异乎寻常。还没等你发现他的藏身地（通常在潮湿洼地的茂密灌丛里，靠近森林或旧田地），他就开始了它的小夜曲，音调中的变化、古怪、粗野简直堪比农村的悍妇游街。如果你径直走过，他一般不会出声。但只要你驻足片刻或是在周围静静徘徊，他的表现欲就被勾起来了。他会疑惑地从树枝底下偷看你，猫一样发出一声尖细叫声。过了一会儿，非常清楚地问："是谁，是谁？"接着快速连续吐出森林里最不协调的音符——先是小狗汪汪，再是鸭子嘎嘎，继而如翠鸟般发出一连串短促尖厉之声，接着是狐狸似的尖叫，乌鸦似的呱呱，猫一般的喵喵。一会儿听上去像是从很远的地方传来，接着又变了调，好像要对观众讲话。他十分羞涩，只要你暴露出任何近前观察的倾向，他都会很小心地隐藏身形；但只要你保持安静，他很快就会跃上一截细枝，或者在一根无视线遮挡的树枝上跳来跳去，垂下尾羽，收起翅膀，高昂着头，变得极其夸张。没过半分钟，他又飞回灌丛中，再次唱起歌来，那串"嘀嘀嘀"的小舌音，其流利程度任哪个法国人也比不上。咳——嘀——嘀——呜嘀——就是这样——呿，嘎嘎，咯咯，噫噫噫——

现在开始高潮——嘚嗬——嗬——然后是呱呱，切切，茶博士，是谁是谁，喵喵——如此种种，直到你听得厌了。有一天我近距离观察一只，发现他仅限于六个音符或六种变化，依特定顺序一一来过，在十几次重复中很少改变音符。有时候，如果相距过远，他会飞下来好从近处看你。他飞行的姿势独特奔放——腿伸直着，头低着，翅膀快速扇动，整个动作趣味十足。

鹏莺的形态和颜色都十分优美。他的羽衣相当结实紧凑；上体为浅橄榄绿色，下体是亮黄色；喙呈黑色，很有力量。

主红雀（cardinal grosbeak）在同样的地带也非常普遍，虽然他其实更偏爱森林。他常被玩鸟人和少年射手逐猎，因而十分羞涩。这种鸟令人联想到英国士兵的红大衣；喙大而尖，帽冠很高，脸上一道黑纹，头和颈沉重庄严的样子，态度高傲，仿佛一位意志坚定的士兵。他的歌声或哨音里有某种类似横笛的音色，平常在受到惊扰时的音调听上去则像是军刀当当作响。昨日，我正在一条小溪旁的幽秘角落里，懒洋洋地坐在浓密绿篷下葡萄藤吊起来的秋千上，就见头顶上方几英尺处，一只主红雀正在追逐某只昆虫。他又蹦又跳，不时发出尖厉的叫声，后来为了捉住那只试图逃跑的蛾子或甲虫，他突破那道绿篷，几乎冲到了我坐着的地方。当时的情景就好像一团火从树枝间掉了下来。他立刻就看见了我，于是万分戒备地飞走了。雌鸟身上带着些褐色，除了飞行时，平常基本显不出红色。

目前，华盛顿最常见的啄木鸟是红头啄木鸟，比知更鸟还多。我几乎天天都能听见他独特的叫声，不是在深林，而是在散布于山野的枯橡树和树丛里。咳嘚嗬嗬嗬，咳嘚嗬嗬嗬，像大型树蟾蜍的叫声，从城边的一片小橡树林里传出来。这是个嗅觉灵敏的家伙，又非常难缠，可他飞过开阔林地时的身姿，那用一道珊瑚红和白色的和缓弧线将树木连接起来的样子多美！他身上同样带着尚武气质——一丝不苟、庄严持重的行事方式，红、白、钢青色的鲜亮制服，都说明他是一名军官。

我的另一个钟爱之地在城市东北部。从国会大厦往那个方向望去，一英里之内你就能看见一片开阔的绿色山坡，坡势很缓，往下逐渐变成一大片草地。顶上——如果一块地势起伏缓和的草坪也可以说有顶的话——长满了高大的橡树；一片茂密的树林像披风似地向后飘，只将前线留在边缘。你在城里很多地方都能看见这片苍翠的景观。从北方自由市场沿纽约大道望去，视线掠过街道上的红色黏土，投向远方那片新鲜悦目的景色，像是在邀请市民前来修养身心。比起某条酷热难耐的街道，那副样子多可人！我的眼沐浴其中，就像沐浴在喷泉里。有时能看见牛群在上面吃草。六月能看见牧人在收集干草。大地白雪皑皑之时，还有很多草垛或几处草垛堆留在那里滋养你的眼睛。

覆盖着东坡又接着向东面延伸的树林，是特区最佳去处之一。那里主要长着橡树和栗树，夹杂着月桂、杜鹃和山茱萸。这是我唯一能见到猪牙花绽放的地方，也是采摘藤地莓的最佳地点。在一处覆满苔藓的山坡上，藤地莓从缝隙里露出累累果实。

从这些林子里出来，往城里走，能看见国会大厦的白色拱顶耸立在眼前的绿色大地之上，优雅而轻盈地将这四千吨的钢铁抬升至空中。华盛顿所有这些景致里，能在我记忆中留存最久的，将是这个如云彩般飘浮在山林之上的伟大拱顶。

橙顶灶莺

第六篇
桦山漫游

我将要讲述的这片地区位于纽约州南部，包括阿尔斯特（Ulster）、沙利文（Sullivan）和特拉华三县的部分疆域。哈得孙河和特拉华河均有支流从其地表上经过；与本州其他地带相比，此地荒野面积甚广，仅次于阿迪朗达克山区。绵山横贯，形成了严酷的北方气候。这些山实属卡茨基尔山脉，有些州地图上称其为“松山”(Pine Mountains)，明显欠妥，因为据我观察，此地根本不长松树。“桦山”也许更符合其特征，鉴于山顶常见桦树。黑桦和黄桦在这里找到了天然居所，长势惊人。在山侧，山毛榉和槭树生长茂盛；较低处的山坡上，铁杉树早前曾郁郁葱葱遮蔽了山谷，吸引着伐木工和制革匠，如今只有在偏远或人不可及的地方才见得到了。在尚代肯（Shandaken）以及伊索珀斯（Esopus）一带，它几乎是全县唯一或唯一有可能提供的物产。树皮孕育并滋养了大约二十家皮革厂，有几家现在还在。当下这个时节从那里经过时，我看到残留在山侧高处的几小块铁杉林被伐倒剥皮，没了皮的树暴露出雪白的躯干，从老远就能看见。

不像火山区山脉那般尖耸陡峭，这些山峰峦绵长整齐，山顶植被茂盛，地平线辽阔起伏，赏心悦目。站在特拉华河源头附近的高地上向南眺望，二十英里之外，青山不绝，层峦叠嶂。倘若天际线上少了些大树，形成的缺口从远处一目了然。

从哈得孙河一侧前往该地区，需穿越贴着卡茨基尔山脚的一片连绵起伏的荒地，卡茨基尔山从索格蒂斯（Saugerties）附近的某个点起就开始往内陆延伸。数小时车程之后，进入一座险峻高山的阴影地带。此山算是这部分山岭的根端，被简单地称呼为“顶点”（High Point），东面和东南面陡降进入平原，傲视着二十英里外的哈得孙河；山后及其西面、西北面则延伸出无数小丘陵，仿佛是在支援这位桀骜不驯的头领。

从这里直穿至宾夕法尼亚，中间近百英里正是我所要讲述的区域。这是一条宽二三十英里的乡野地带，荒凉芜杂，定居人口稀少。纽约至伊利铁路线上的旅客有机会一窥其貌。

很多流向四面八方的又冷又急的鳟溪，都发源自这片区域内那些小湖泊和数不清的山泉，比如磨溪、干溪、威洛韦马克溪（Williewemack）、河狸基尔[1]、驼鹿丛基尔、美洲豹基尔、不沉溪、大因金溪（Big Ingin）和卡

[1] 基尔（kill）即“溪流”之义，多用于美国特拉华、宾夕法尼亚、纽约三州的地名中。前文“卡茨基尔”“比弗基尔”应同。实际上此处“河狸基尔”（Beaver Kill）音译应为“比弗基尔”，本章为译文生动起见，均采用意译。——译者

利昆溪（Callikoon）。河狸基尔是西侧的主要流出口，在汉考克（Hancock）野外汇入特拉华河。不沉溪的走势将整片区域向南开拓，之后同样汇入特拉华河。在东面，各条“基尔”与大因金溪汇合形成伊索珀斯溪，然后流入哈得孙河。干溪和磨溪都是有名的鳟溪，全长在十二至十五英里，均并入特拉华河。

特拉华河的东支流即皮帕克顿（Pepacton）支流发源于此地附近山间的一条深谷。我曾多次在路边一口丰盈的泉中饮水，小溪流在那里初见天光。再走几码远，水流开始转向，经野熊基尔和斯科哈里（Schoharie）基尔，进入莫霍克河（Mohawk）。

纽约州内还保留着的野生动物，都生活在这个地区。野熊时不时在羊群里引起骚乱，谷口附近的开阔地是最常见的捕猎场所。

以前在大因金山谷和不沉溪的上游附近，曾有大量野鸽子定期繁殖，一连数英里的树顶上全是鸽巢，成鸟来来去去的喧闹声持续不绝。但狩猎者很快就发现了这个地方，每到春季，无论距离远近都蜂拥前来，不管成鸟幼鸟统统猎杀。没过不久，鸽群被迫迁离，如今只有寥寥几对在这些林子里繁殖。

鹿倒是还能见到，只是数量一年少之一年。去年冬天，仅河狸基尔上就有近七十头鹿被杀。我听说有个混蛋见鹿被困雪中，竟穿着雪鞋走上前，一个上午就杀了六只，还暴尸原地。传说恶人在将行不轨之时会被揍到失明或晕厥，但事实上那个家伙丝毫未遭天谴，可见传说并不可信。

不过这个地区最大的吸引力，在于溪流和湖泊里盛产的溪鳟。这里的水温度极低，泉水约高于华氏四十四度，小一点的溪流约高于四十七华氏度。鳟鱼一般体型不大，但在偏远的支流里数量极多。这些地方的溪鳟通体黝黑，但在湖中却有着无可言传的亮丽光泽。

近年来常有钓鱼的人光顾这些水域，河狸基尔的名号如今在纽约州的猎人中间也颇有震慑力。

卡利昆野外的一面湖里盛产一种品质上乘却奇特的白亚口鱼，只有在春天产卵季节“当树叶大若花鼠耳朵”时才能捕到。此时它们会游进小溪和水湾，从黄昏时开始，直至占据了水道里每一寸空间。渔人就在这种时候突然出击，一般是直接下水用手捕捞，用这种法子一小伙人常常能捕到一马车的鱼。特定气候条件下，比如刮起温暖的南风或西南风时，最利于这种鱼游动。

我对该地区外围自小就很熟悉，但深入荒野仅有两次。一次是在一八六〇年，我和一位朋友顺着河狸基尔至其源头，在鲍尔瑟姆（Balsam）湖畔宿营。一场冰冷持久的暴雨来袭，逼得我们在未做好准备的情况下提早离开树林。想必两人谁也不会很快忘记那段经历：先是沿一条不明道路翻山越岭，还背着一大堆累赘玩意儿，原先傻乎乎地以为在森林中玩乐时能用上；后来在山顶歇息片刻，在凄风冷雨中将鱼煮来吃了；还好傍晚抵达磨溪时，有一间简陋的小木屋热情洋溢地迎接了我们。

第二次是在一八六八年，我们一行三人进行了一次短途的寻鳟之旅，目的地是同一片山中一处名为托马斯湖的水域。结果，那次徒步比其他任何一次都更加深刻地让我认识到，自己该是个多么差劲的印第安人，而且，当路不明山又高的时候，一伙人在森林里该是何等狼狈。

那是六月的一天下午，我们在磨溪源头附近的一家农舍离开大部队，背着包进了山脚下的森林，希望赶在日落前翻过横在我们和湖之间的这座山。同在农舍里歇脚的还有一个背着联邦军背包的年轻人，此人秉性不坏但习性懒惰；为免一开始就走错路，我们请他先带领着走上几英里。找到托马斯湖听上去不费吹灰之力。根据描述，那里的地形简单得很，我相信自己摸黑都找得到。“顺着这条小溪，一直走到山侧的发源地，”他们说，“湖所在的山谷就在正对着的那一面。”再简单不过！可再稍微细问几句，他们又说，到了山顶之后要“向左走”。这就没谱了；在陌生的林子里，“向左走”是个极不确定的举动，我们很可能偏得太左以至于误入歧途。而且，如果说湖就在正对面的话，那到底为什么要往左走呢？啊，也不是完全正对着，有点偏左。那儿附近还有两三个别的山谷，但我们肯定能轻松找到正确的那个。不过为求双重保险，如前所述，我们还是请向导和我们一起走到那个“左拐”点，以便开个好头。这个年轻人前一年冬天去过那个湖，认识路。开头半个小时，我们沿着一条行迹模糊的小路行走，伐木工在冬天就顺着此路把白蜡木拖出林子。沿途有一些铁杉树，但槭树和桦树更多。林子浓密，不见灌木，上坡平缓。大部分路程里，都能听见溪流声从右侧传来。我走近过一次，发现溪里鳟鱼甚多，溪水奇冷。不久，坡势转陡，哗哗的流水声变成了潺潺细语，从散乱堆着又长满苔藓的大小石块下传来，我们费了九牛二虎之力才爬上崎岖不平的山坡。所有山都有其最陡之处，通常在顶峰附近，我猜想这和“黎明之前夜最黑”的规律同理。山势越来越陡，越来越陡，直到你登上山顶那块或平坦或稍带弧形的地盘，这是古老的冰雪之神在久远以前打磨造就的成果。

我们发现这座山背后有个小山谷，那里地面湿软。途中经过一些巨型蕨类，几乎齐肩高。还有几丛泽花（swamp honeysuckle），开得正红艳。

地势开始朝另一侧下降的时候，向导在一块大石头旁停下，说他走到这里就行了，接下来我们毫不费力地就能找到湖。“肯定就在那下面。”他一边指着一边说。但显而易见，他自己心里并不肯定。路上他曾几次犹豫，翻过山往左拐时面露极大难色。可我们还是没多想，跟他告别后就信心十足地冲下山侧，沿一条小溪流往前，相信它一定能引领我们到达湖边。

正是在这些东南朝向的树林里，我此行第一次开始注意到棕林鸫。之前从另一侧上山的时候未见到或听到丝毫鸟的踪迹，而现在，棕林鸫圆润的颤音回荡在寂静的树林里。到了半山腰，正想寻树枝做一根鱼竿时，我在一棵小树上发现了一个棕林鸫的巢，离地约十英尺。

继续往下，我们唯一的向导小溪流变成了挺大的一条鳟溪，原本微弱的水声也变得响亮，我们开始伸着脖子急不可耐地透过枝叶寻找湖的影子，或者任何能显示它就在附近的地势特征。视线从近处的树下穿过，越过远处的树顶，隐约分辨出一个物体，细看之下原来是一块耕地。稍后又认出了它旁边一块烧过荒的休耕地。这可真是当头一盆冷水。没有湖，没有野味，没有鳟鱼当晚餐。那个懒汉年轻人要么是故意捉弄我们，更有可能的是他自己也迷了路。我们迫切希望在日落之后天黑之前赶到湖边，因为鳟鱼最喜欢在那时候跃出湖面。

接着往前，我们很快走到了一片满是残桩的林地，位于一道向西铺展的陡峭山谷开口处。脚下约两百杆远处有一栋简陋的木房子，烟囱上炊烟袅袅。一个男孩从屋里出来，拎着只水桶朝溪边走去。我们冲他大声喊，男孩却一声不应地扭头跑回了屋子，片刻之后，一家人都急急拥进了院子，朝我们这边看。就算我们三人是顺着他们家烟囱下来的，他们的惊愕想必也不过如此。由于听不清他们在说什么，我就下了山坡走到房子跟前去，然后懊恼地得知我们还在磨溪一侧，只过了一个山头而已。我们翻过山后向左偏得还不够，而主脉在翻越点走势突然偏向东南，因而现在依然横在我们和湖泊之间。我们距离出发地点约五英里，和溪流长度一样，距托马斯湖超过两英里，现在必须径直回到山顶与向导分手的地方，然后一直向左走，很快会看见一排刻有记号的树，顺着它们即可到达。于是我们掉转头，不屈不挠地开始重复刚刚走过的路——这无论何时都不是讨人喜欢的活计，现在尤其费力。我们开始返回时太阳已然落山，还未爬到一半，天色就完全暗下来了。我们经常需要把背包抵在树上好喘口气，因而前进得很慢。后来到了一块从山顶滚落中途停下的平整巨石旁，终于喊停休息，准备扎营过夜。生起火，清理了巨石表面，又将一小块面包分着吃了，把随身装备挂在刺猬够不着的地方（据说此地多刺猬），三人随即安顿歇息。假如猫头鹰或豪猪（我觉得半夜听到了一只豪猪的动静）来营地侦察，就会看见一张野牛皮毯子铺在大石头上，三顶旧毡帽并排放在一头，另有三双其状甚惨的牛皮靴从另一头伸出来。

我们躺下时森林里一只蚊子也没有，可那些“无影虫”——这是梭罗笔下的印第安人给摇蚊起的名字，当真是贴切——很快就发现了我们，在营火熄灭后开始大肆侵扰。我忽觉手及腕部异乎寻常地又疼又痒，初还以为是无意间中了毒，后来痛感一直扩散到颈部、脸部乃至头皮，我这才心下生疑。于是把自己裹得更严实了些，尽量把双手缩起来，试着入睡。同伴们显然并不介意无影虫，都已睡着了。但让人困扰的还有身子底下这张睡床，没有女仆来把它拍打平整。我躺着的这块有些不规则，鼓起了一个大包。我试着用自己身体的天然曲线去迎合，可惜每次都只能带来片刻缓解。然而最终我还是克服了它，睡过去了。后半夜醒来，恰闻一只橙顶灶莺在近旁树上鸣啭，响亮欢快一如昼间。我心说，自己毕竟还是幸运的。鸟类在夜间歌唱，就像公鸡打鸣一样，只是偶尔为之。迄今为止，我在夜里听见过棕顶雀鹀及王霸鹟的叫声，有时也有披肩榛鸡的鼓翼声。

天边晨曦刚露，一只棕林鸫就在我们下面几杆远的地方唱起歌来。不一会儿，当灰色的天光逐渐散开，林中各处的鸫鸟都开始倾情歌唱。我觉得以前从未听过他们唱得如此甜美。多么自在圆润的赞歌啊！我们所受的一切苦难都被抚平了。这是森林里白天的第一件事——在这场晨间大合唱结束之前，虫子不必忧心自身安危。我判断那些鸟就栖息在离地面几英尺的地方。事实上，鸟无论何时都栖息在筑巢处，棕林鸫确实占据了森林的首层空间。

棕林鸫的分布有些奇特。若是在观鸟实践早期，在这些林子里发现他定会让我觉得匪夷所思。实际上我曾两次撰文称卡茨基尔山高地上没有棕林鸫，而隐夜鸫和棕夜鸫却很常见。事实表明，这一论断只对了一半。在这里也能发现棕林鸫，只不过较其他两种要稀少得多，其习性也更孤僻，只有繁殖季节在偏僻山区才能见到，且仅限于东面和南面山坡。在这个地区，我从没见过他在附近及相似树林里度过繁殖季，这与我在本州其他地区的观察结果正好相反。不同地区的鸟类习性果真大相径庭。

一待天色大亮，我们就起身准备上路。一丁点黄油面包外加一两口威士忌，就是那天的全部早餐。这两样补给都非常有限，我们还想每样都留一点，以便补充心心念念的鳟鱼宴。

上午还很早的时候，我们就到达了与向导分开时的那块大石头，环顾四周无路可寻的密林，心里疑虑丛生。在道路如此模糊的地方，又有此前的经历，完全靠自己去摸索绝对不是应贸然采取的举动。这些山的山顶占地广阔，森林里一小段距离也显得非常遥远，以至于人登顶之后无论如何也无法看透地形全貌。支脉、横岭颇多，又经常变向，愈加不可能依靠视觉作出判断，很可能你还没意识到不对劲，其实已经偏得很离谱了。

这时我想起我认识的一个青年农夫曾跟我讲过，他是如何在无路可寻、无任何指引的情况下，于此地区中心地带长途跋涉一整天，最后成功到达目的地。他去卡利昆——此地以盛产树皮著称——剥树皮，采够之后想走直线赶紧回到位于干溪的家，而不是像平常那样迂回绕行。但这样的话就得翻好几座山头，还要穿一片原始森林，走上十到十二英里。如此做法非常危险，因此没人想跟他一道，就连熟悉那里地形的老猎手都劝他，还说那样干肯定不行。可是这个年轻人决心已定，他仔细记下那些猎手描述的地形，然后背起斧头就出发了。他直着穿过森林，没有因为遇到沼泽、溪流或山岭而走偏道。停下来休息时，他以视线选定前方某物为标记，以此确保再出发时不会偏离方向。前述那些师傅告诉他路途中间会有一座猎人小屋，要能看见它，就说明没走错路。他正午时就到了那里，等太阳落山时，已经出现在干溪的源头了。

遍寻那排做了记号的树，未果，我们只好满腹狐疑地往左走，始终保持在最高的地势上，边走边在树上削皮做记号。不敢下山去，担心下得过早了；高地是我们的有利地形。浓雾升起，我们更加迷茫，但脚下依然不停，爬上岩石架，磕磕绊绊地穿过蕨类植物。这样行进了约两个钟头后，在一道泉边停了下来。围绕着山的最高处有一面巨大无比的岩石壁，水流就来自其下。这里是一片相当广阔的高原，桦林密密丛生，树木高大参天。

休息片刻，交换了意见，我们一致同意接下来不能再像之前一样负重行进。但我们又不想把东西统统扔掉，于是我向同伴提议，请他们带着装备留在水边，我自己则再做最后一次努力去寻湖的所在。如果我找到了想让他们跟上，就鸣枪三声；如果未找到意欲返回，就鸣枪两声，当然他们也要依此应答。

我给水壶灌满泉水，然后顺着水流再次出发。可是还没走两百码，它就沉到我脚下的地里去了。我脑子里有一半开始陷入迷信，觉得我们三人肯定中了魔咒，才会这样一再被各种向导捉弄。但另一半的我偏不信这个邪，决心再试一把，就不管不顾地往左边走了。向左，向左——这就是秘诀。此时雾已消散，我得以更清楚地辨识地形。有两次我从陡峭的山崖往下望，很想冒险跳下去，但终于还是犹豫了，一直沿着高处边缘行进。后来，当我站在一块岩石上琢磨去路时，从下方一处高原上传来灌木咔嚓断裂的声音，像是某种大型野兽的踩踏声。我心里生疑，于是轻手轻脚地下了山坡，发现原来是一群牛犊正在悠闲地吃草。我们之前几次经过它们行走的路线，那天早晨还在山顶见到一块长满了草的平地，它们就是在那里过的夜。见到我，它们未像我料想的那样受到惊吓，反而好像十分欢喜地围了上来，仿佛想打听打听外面世界的消息——比如说牛市行情。它们朝我蹭过来，急切地舔着我的手、衣服和猎枪。它们想要的是盐，随时准备吞下任何含哪怕一丁点盐的东西。这些基本上还都是小牛犊，皮毛光亮如鼹鼠一般，露出一种非常无畏的神情。后来我们听说，附近的农民在春天会把小牛赶进这些森林，到了秋天才赶出来，其时它们已经长得非常壮实了，不像吃草料的牛那样肥硕，反而体形修长匀称，像鹿一样。主人家每月一次把牛召集起来喂盐。这些牛有自己的活动区域，很少蹓跶到特定界线之外去。看它们进食很有意思——它们吃低矮的树枝、灌木以及各种植物，对一切东西都不加辨别地大嚼特嚼。

牛群试图跟着我，但我爬下陡岩甩掉了它们。我正以螺旋状逐渐绕着山侧往下去，边走边观察树林和地形，期望发现一些振奋人心的线索或标志。后来森林变得更加开阔，下山坡势变缓。这里的树木身板笔直，尺寸均匀。有很多黑桦，我还是第一次见到。我备受鼓舞。侧耳倾听，一阵微风掀动低垂的树叶，带来了我极乐意相信是牛蛙鸣叫的声音。循着这条线索，我以最快的速度穿过树林冲下山坡，然后停下来再次聆听。这次肯定没错，确实是蛙鸣。我大喜过望，继续往前。一边跑一边听着它们的叫声——咣咣咣，这是成蛙的深沉嘶哑；噗噗噗，这是幼蛙的尖声尖气。

接着，透过低处的树木，我瞥见了一抹蓝色。初时还以为是远处的天空，可第二眼看去，我就知道那是水面；再一秒钟，我就出了林子站在湖畔了。我欣喜若狂，无法言语。可算是找到了，湖水在旭日下闪闪发光，美如梦境。在幽暗浓密的森林里游荡许久之后，来到一片如此开阔、如此明亮的地带，感觉真是妙极！我的眼像出笼的鸟儿一样欢欣雀跃，快活得四处张望。

这面湖呈长椭圆形，周长不超过一英里，四周树木覆盖均匀，沿岸地势缓缓抬升。对着这美景沉浸了片刻之后，我退回林子，给枪里装了尽可能多的火药，然后对空放了三枪。枪声响彻群山。蛙鸣立刻就止住了，我等着回应的枪声。没有。我又试了一次，紧接着试了第三次，但始终没有应答声。不过后来听其中一个同伴说，他当时爬到了泉溪背后的高岩顶上，觉得隐隐听到了一声枪响，似乎来自他下方很远距离之外，远远地在山下面。我知道自己已经走了很远，也不指望能像商量好的那样跟同伴取得联系，所以就开始往回走，但走的不是来时的绕行路线，一边走一边上膛放枪。我肯定把无数长期休眠的回声都从里普·凡·温克尔（Rip Van Winkle）[1] 的长梦中惊醒了。火药开始不足了，我就交替着开枪或大喊，直到几乎把自己的嗓子和枪管都撕裂了。最后我已经开始产生极度不祥的恐慌和失望，潜意识里开始盘算在这个近乎迫在眉睫的危急时刻——找到了湖却把同伴丢了——该怎么办。这时，一丝怡人的轻风给我带来了应答枪声的最后一声回响。我立刻来了精神，全速朝着声音的来向前进，可屡次尝试，却再也没能听到第二声回应。我再次开始恐慌。我担心同伴被回声误导，脑子里想象着他们正匆忙朝反方向赶呢。我飞快地向前跑去，一心想把他们拉回来，丝毫未留心道路，是以不久后就为自己的粗心大意付出了沉重代价。但其实

① 美国作家华盛顿·欧文（Washington Irving，1783—1859）同名短篇小说里的主人公，在卡茨基尔山中打猎时喝了一种酒，一睡二十年，醒来发现世事已非。小说收录于《见闻札记》。——译者

他们并未走错，稍后的一声枪响表明他们已经很近了。我听见了脚步声，紧接着灌木丛往两边分开，三人终于会合。

同伴开始急切地发问，我向他们保证说我已经见到湖了，就在山脚下，从我们现在所在的位置径直往下走，绝对能到。

尽管衣服已经被汗水浸透，我还是欣欣然地背起背包，三个人开始下山。我发觉此处的森林相比我之前经过的林子要浓密得多，且风貌迥然，但并没多想，因为我预期到达的不是之前的湖尾，而是源头。没走多远，我们见到了一排做了标记的树，同伴有意跟着树走。它跟我们的行走路线几乎成直角，一直顺着山侧延伸。我认为这排树应始自湖边，如果我们继续现行路线，应该会比顺着它走更早到达。

大约下到半山腰时，透过树隙可见对面的山坡。我给同伴打气，说湖就躺在我们和那个山坡之间，距离不会超过半英里。很快就到了山底，我们见到的却只是一条小溪和一片宽阔的桤木沼泽，显然是古代湖床。我向又气又疑的同伴解释：这里可能是湖的上游，若沿着小溪走肯定能找到。“那你跟着它走，”他们说，“我们在这儿等你消息。”

于是我就出发了，心里比任何时候都更加确信我们被下了咒，那面湖终于还是逃之夭夭了。沿途没有见到任何让人欣慰的标志，我便卸下背包，爬上一棵枯败的山毛榉树，树枝伸出在沼泽上方，树顶视野开阔。我正攀住所能到达的最高枝四下瞭望时，树根处忽然发出一声响亮的断裂声。我立刻跳回地面——敏捷程度至少也能媲美黑熊，对周围地形虽只来得及匆匆一瞥，但足已确认附近根本没有湖。这样的挫败让我痛恨至极，于是我把除枪之外的所有累赘物品都留在原地，继续往前。在另外一片桤树沼泽地里艰难穿行了近半英里之后，我安慰自己说湖已经近在咫尺。我瞅见一座低岭，像臂膀似的半开半拢，于是美滋滋地想象那怀里揽着的正是我所寻觅的。可实际上我在那里只发现了更大片的桤树沼泽。那条小溪在经过这片区域后，开始迅疾地往山下流去，两岸变得高而狭窄，急流的声音听在耳里仿佛一阵讥笑。我带着满肚子的厌恶、屈辱和懊恼开始折返。说实话我近乎厌倦，在离开近两个小时后再次与同伴会合时，我又饿又累又沮丧，对托马斯湖的兴趣几乎降至零点。平生第一次，我真心希望自己离树林远远的。那个湖就留给托马斯自己好了，再让妖怪替他把守着！我甚至怀疑他，或者其他任何人，第二次来的时候还能找对地方。

精力充沛而未像我一样经历受挫压力的同伴们言下倒是更为积极。休息了片刻，又很有节制地享用了一点面包和威士忌之后——在这样一个危机时刻，它们可比面包和水强得多了——我同意了他们的意见：我们应该再试一次。像是为了让我们安心似的，一只知更鸟在旁边快活地叫起来，第一次在这片林子里遇到的冬鹪鹩也打开了他的音乐盒，不断倾倒出优美抒情的旋律。毫无疑问，这种鸟是最出色的鸣禽之一，若他能像金丝雀那样，在笼子里也能欢欣雀跃放喉歌唱，不知道会赛过金丝雀多少倍！他有后者的活泼和多才多艺，却乏其尖厉，歌声宛如一道旋律的小瀑布。

我们再次动身，简直就像西西弗斯滚石头一样，又开始上山，决意要找到那排做了标记的树。终于走到了，往右侧探查一番之后，发现还是得向左走。沿着这条路越过一个缓坡，又走了二十分钟不到，就进了我发现湖泊那会儿途经的林子。这才搞明白之前哪里出了错：下山的地方稍有点偏右，结果去了山脊的另一侧，那个地方后来我们才知道是叫桤溪山谷。

我们开始加速前进，没过多久，我再次从树隙间看到了那片酷似苍穹的蓝色。在我们奔湖而去的途中，见一只孤独的旱獭正蹲坐在离水面数英尺一棵树的树根处，这还是我们进林以后见到的第一只野兽。危险不期然从陆上袭来，显然让他大吃一惊。所有退路都已被切断，他脸上露出一副知天命的神情，毫无惧色。我像野人一样将他猎杀，自然也是出于同样的动机——欲啖其肉。

午后过半的阳光照射在湖面上，一缕微风不疾不徐，吹得细小的波浪轻拍湖岸。一群牛正在对岸吃草，头牛脖上的铃儿叮当作响，响声飘过水面，在这些孤寂之所听来如野性的乐音。

捕鳟鱼当然是第一要紧事。我们发现岸边锚着一只简陋的木筏子，两个人坐上去吃水约一英尺，就划着它下了水，开始了我们在托马斯湖的初钓。可是鳟鱼一点儿也不想跳出水面，老实说，我们停留期间捕获的鳟鱼不超过一打半。仅仅一个礼拜前，有三个人在这里几个小时内就捕到了大量鳟鱼，盆满钵满，就连送给邻居的也已经多到过剩。可现在，由于某种原因，它们拒绝游上水面或触碰任何鱼饵。我们只好去捉太阳鱼，它们虽然小，数量却多，巢穴遍布岸边。选一块早餐盘大小的地方，清理了沉积物和腐烂植物后，露出多卵石的底部，新鲜明亮，有一两条鱼在中心上方游弋，负责警戒，一旦有入侵者靠近，就凶恶地冲上去。这种鱼神情类似矮脚公鸡，鳍和棘尖利多刺，两侧多鳞，在与其他鱼类近身搏斗时肯定是面目可憎的家伙。在饿汉子看来，它们就跟铁杉条似的没有油水，又瘦又多刺；但我们那天发现，它们的肉其实非常鲜美。

精神大为恢复之后，我趁着西天斜阳残照，起身去湖的出水口，想看看能否在那里逮到鳟鱼，两个同伴则继续在湖里试运气。托马斯湖的出水口和此类水域常见的一样，非常缓和隐秘。溪流宽六到八英尺，平滑无声地流淌了三四杆距离，之后像是突然意识到自己是自由之身，就从岩上纵身跃下。就我沿溪而行一路所见，此去落势非常迅疾，经历了像下山台阶似的一连串下落。

里面的鳟鱼看上去比实际发现的多，不过我带回营地的数量也相当可观了。

太阳将落时我又去了入水口，发现这里的溪流和通常一样，悠然蜿蜒穿过湿地。这里的水比出口溪流冰冷得多，鳟鱼数量也更多。我正在泥沼地和茂密灌丛里寻路时，一只披肩榛鸡跳上我前面几步开外一根倒地的树枝，晃着尾巴作势要飞走。但我那时既没带枪又站着没动，所以不一会儿他就跳下来走开了。

身为一个寻鸟人，我随时都在留心新的鸟类。刚进沼泽地，我就被一种明快活泼的歌声或曰鸣啭吸引住了，它来自我头顶的树枝，明显是我此前从未听过的，但音符里有某些东西暗示这种鸟应与橙顶灶莺以及黄眉灶莺近缘。那声音嘹亮有力，像金丝雀的叫声，但十分短促。这位歌者在树冠里藏得很好，我久久不见其形。我来来回回数次从那里经过，他似乎在我走近小溪的一个小弯道时就开始鸣唱，我过了那里之后便收声了；他的巢无疑就在附近。又逗留了片刻，才终于看到他，并将其击落。原来是小水鸫，或称黄眉灶莺（也叫纽约水鸫），我还是头一次见识。就体型而言，他明显不及奥杜邦所描述的大水鸫或称白眉灶莺，但其他方面的面貌特征与之相同。这对我来说是极大的收获，我再一次感觉自己很幸运。

老辈的鸟类学家不识此鸟，新一辈的只有草草描述。他通常在地上或者在朽木边缘下方筑一个覆着苔藓的巢。一位笔友写信告诉我，他曾见他在宾夕法尼亚州的山区繁殖。白眉灶莺是无与伦比的歌者，不过眼前的这一种歌声也极其欢乐明快。我见到的这只，习惯异于同科，倒像莺鸟一样待在树冠里，而且貌似正忙于捉虫。

入水口附近的鸟数量奇多，十分热闹；知更鸟、冠蓝鸦和啄木鸟用亲切的叫声迎接我。冠蓝鸦在我上方不远处发现了一只猫头鹰或某种兽类，照着他们在遭遇此情形时的通常做法，用极高亢的声音对其予以谴责，一直持续到森林里暮色四合。

在这里，还有当天途经的其他两三处地方，我都听到了某种啄木鸟啄击坚硬干枝时所发出的奇特而洪亮的敲击声。它不同于我以往听过的任何一种声音，在寂静的森林里频频重复，极其鲜明独特。奇特之处在于敲击声音节有序，听起来像预先经过排练似的。先是连接紧凑的三击，再是更响亮的两击，间隔也更长。无论是在这里，还是次日傍晚在干溪的源头弗洛（Furlow）湖边再次听闻时，均是如此的顺序。敲击声里不失旋律，仿佛一只啄木鸟知道如何从一根平滑干燥的树枝中唤起节奏。它像最快活的鸟叫声一样动听，甚至更加富有森林和野性气息。考虑到黄腹吸汁啄木鸟在这些林子里为数最多，我权且认为那声音出自他之口。至今一想起那里的景致，我脑海里就会随之响起这种声音。

日落时分，松鸡（grouse）开始在湖周林中鼓翼。我能同时听见五只的声响：飒飒飒飒，瑟嗬—嗬—嗬—嗬—嗬嗬。这声音让人感到温馨舒适。黄昏时返回营地的途中，发现湖畔的蛙群也在齐力合唱。成蛙彼此间的呼应力道和响度都非同寻常，据我所知，没有其他动物像蛙一样，能发出如此超乎其体型比例的嘹亮声音，有些听上去犹如两岁的公牛怒吼。它们体型庞大，数量也多。这里尚无食蛙者涉足。岸边有一棵枝叶突伸到湖面之上的树，被我们砍倒之后，青蛙很快就群聚枝头，在半浸于水中的树冠里跳跃戏水，如一群顽童般喧闹。

天黑之后，我煎鱼的当口，一盘最大个的鳟鱼意外地翻进了火里。这个不幸事故给我们的粮食补给带来了无法弥补的损失，三个人懊恼之极，但后来想起灰烬中也不无好物，于是从木炭堆里把烧掉一半的鱼拨弄出来吃了，味道不赖。

当晚我们就在灌木堆上睡了，一夜酣然。在柔软的山毛榉绿枝上铺好野牛皮毯子，堪比一床毛褥子。下午篝火的热气和烟雾早已把周围的无影虫驱逐干净，次日我们醒来时已经日过山头了。

我立即动身再次前往入水口，溯溪而上至其源头，捕得了一长串鳟鱼，充作早餐。系着铃铛的牛群正在谷口徘徊，它们就是在那里过的夜。大部分是两岁的小公牛。它们围在我身边讨要盐巴，纠缠不休，吓坏了我的鱼。

那天早晨我们吃光了面包以及所有能捉到的鱼，到十点钟左右开始准备离开。天气舒适宜人，湖泊如宝石般诱人，我真想在那里待上一个礼拜；可给养是个大问题，容不得我们耽搁。

回程走到前一天那排做了标记的树时，问题出现了：是继续沿这排树走，还是按我们自己的路线回到山顶的泉溪和石头墙，进而回到当初向导丢下我们时的那块岩石边？最终我们决定选择前者。三刻钟之后，那排记号树走到了头，我们得出结论，现在距与向导分手的地方已经不远。于是燃起火堆，解下行囊，开始四下探查能够显示具体所在的标志物。花了近一个小时，一无所获。一窝小松鸡暂时分散了我的注意力。母鸟速度飞快地四下扑腾，想把焦点吸引到自己身上；幼鸟尚不能飞行，极力躲藏着。母鸟像陷入极大痛苦的狗一样呜咽着，极不情愿地磨蹭着。我一逐她，她便敏捷地跑开了，一会儿又飞出去几码远。我继续追，她渐飞渐远，最后终于完全飞了起来，嗡嗡地穿过树林，似乎对树林全无兴趣。我随即折返，捉了一只蹲坐在树叶边的幼鸟，放在掌心。它紧紧地抓着我的手掌，仿佛还站在地面上。我把它装进外套袖子，它随即跑到我的腋窝里蜷了起来。

在冒烟的地方集合之后，对于哪条路线最为理想，三个人产生了分歧。我们肯定能出林子，这一点毫无疑问，但我们想尽快出去，也希望出去的地方距当初进林的地点尽可能近些。最后，怀着对自身怯懦和犹豫不决的耻辱感，我们又原路返回到与那排标记树交叉的地点，然后沿来时路线到达山顶的泉溪，在这里前后左右地一番勘察后，发现自己一点儿不差地回到了两个小时前离开的地方。又一轮商议，又一次意见不合。但总得有所行动。当时已是下午过半，在没粮没水的情况下再在山里过一夜可不是什么好主意。于是我们从山脊上下来，在这里又发现了一排记号树，与我们走的那条成钝角。它顺着山脊延伸了一英里左右，然后彻底失去踪迹，丢下全无头绪的我们。后来同伴中有一位赌咒发狠，说无论如何他要出林子了，接着不管三七二十一便朝右去了，很快就翻过了山。余下二人跟在后面，但心里其实更乐意先停下来研究一下自己的种种不确定，看看能否搞明白会从哪里出去。不过我们这位勇猛的领队解决问题的办法还是正确的。我们一直往下，始终不停，似乎要到地壳深处才会停步。这段路是我们此次行程中最陡的下坡，我们心里有一种阴暗的满足感，知道这次肯定不能原路折回了，所以随它去吧。后来我们靠在一个岩石架边上休息时，偶然透过树木瞄见远处的一片开垦地，隐约还有一所房子或者谷仓。我们大受鼓舞，可也看不出那到底是河狸基尔还是磨溪抑或干溪，也并未久留去辨识清楚。最后到了一座深谷的谷底，一道急流从这里经过，水中满满当当全是鳟鱼。不过我们这会儿可没有捕鱼的兴致，只是继续顺水前进，有时候踩着石头经过，有时候不管不顾地蹚水而行，一边猜测着出口会在哪里。同伴认为这是河狸基尔，但从太阳的位置来判断，我觉得会是磨溪，在距离大部队约六英里的下游；因为我记得沿这条小溪上行时，曾见到一座类似此处的幽谷通往深山。很快两岸的地势变低，我们转入树林。一条行迹不明的林间小径领着我们进了一片广袤的铁杉林，这里地势呈缓坡状，我们很好奇何以伐木工和剥皮匠经过这些树林却没碰这块宝地。出了这里，森林里多为桦树和槭树。

我们此时已接近居民点，开始听见人声。再一杆距离，就出了林子。眼前的景象让我们花了点时间才搞明白，初看一切都非常陌生，但很快就开始变形，呈现出熟悉的面貌。我眼前似乎正在上演某种换景奇迹，最初以为是个陌生聚落，结果变成了我们两天前歇脚的那家农舍，与此同时，谷仓里传来大部队的走动声。三个人坐下来由衷地笑了，庆幸自己的好运。一场绝命冒险，结局好过我们最大胆的期待，让最明智的计划也相形见绌。农舍的人料想我们这时候也差不多该回来了，预备好的晚餐很快就摆上了桌。

那时正是五点钟，也就是说，我们在森林里整整待了四十八小时。但是，如果时间如哲学家所言只是一种现象，生命如诗人所言只在于感觉，那现在的我们要比进林之前苍老了——即便称不上数年，也得好几个月。然而另一方面，虽然听上去是个悖论，我们也确实变得年轻了，因为林中桦树已为我们注入了自身的轻盈与能量。

一八六九年

蓝鸲

第七篇
蓝鸲

大自然在创造蓝鸲之时，希望调停天地双方，遂令蓝鸲背染天空之颜，胸晕大地之色，且发下谕旨：他在春季现身就意味着天地争斗的终结。蓝鸲是和平使者，代表着天地握手言和化敌为友。他意味着犁沟，意味着温暖；他带来了一切柔和诱人的春之气息，也宣告着冬的脚步正在远去。

初闻其鸣，定是在某个晴朗的三月清晨。仿佛上空的和暖气流刚刚张口往你耳中轻吐了一个音节，那么柔美，像一则预言，一份略带感伤的希望。

“百慕大！百慕大！百慕大！”他像是在这样呼喊，祈求着，痛惜着。看哪！百慕大[①]紧随而来，尽管这位小朝圣者可能只是在重复本族的传统，他自身来自佛罗里达、卡罗来纳甚至弗吉尼亚，在那些地方长满雪松和柿子树的温暖广阔的山坡上，他或许已经找到了他的百慕大。

在纽约州和新英格兰地区，蓝鸲到来的当天，糖槭树上就开始流淌汁液，人类随即开始采糖。那时蓝鸲还只是空气里一缕不明来源的声音，这样飘忽两三日之后，他才会在你眼前现身。雄鸟先行抵达，等到几天之后雌鸟出现，才开始双双寻觅安巢地点，这时采糖已告结束，最后一点残雪也已消融，犁铧在新翻的犁沟里磨

① 此为拟音。另百慕大群岛属亚热带季风气候，常年温暖潮湿，或指代春天的温和气息。——译者

得锃亮。

蓝鸲之所以声望高，在于他是活跃北方地域景观的第一抹亮色。同期而至的其他鸟儿，如雀鹀、知更鸟、灰胸长尾霸鹟，都身披灰、棕、赤褐等中性色；唯独他，身着三大原色之一，且是其中最美的一种。

他另有一个特征，即像极了英国的红胸知更鸟，新英格兰地区的早期移民就称呼他为蓝知更鸟。

相形之下，虽然他的体格要大上一两圈，且胸前的红色并非那么近于橘红，但二者的举止习性确实极为类似。蓝鸲的嗓音柔润无比，而英国红胸鸟的歌唱技巧却是出神入化，他几乎长年在英国的花园里或旧篱墙上鸣啭，其优美生动远非蓝鸲所能及。另一方面，我们的蓝鸲与春季的紧密联系则是英国红胸鸟无法匹敌的，因为虽然蓝鸲也是冬季留鸟，但新世界的阳光和天空尤为明媚，使其羽衣远比大西洋彼岸的表亲更为鲜艳华丽。

值得申明的是，英国鸟类中并无所谓“蓝”鸟，蔚蓝色在那里的带羽族群中似乎要比在这里罕见得多。美洲大陆上至少有三种常见的蓝鸟，在我们这里任何一片树林里都可见到冠蓝鸦和靛彩鹀，尤其后者，其蓝鲜艳纯粹，不负其名。此外还有斑翅蓝彩鹀，体色的浓烈程度不逊于靛彩鹀。在我们的莺鸟之中蓝色也极为常见。

有趣的是，蓝鸲的分布并不仅限于某一特定区域。你即便到了西部，也能有这可爱的小东西相伴，虽然叫声和颜色稍有不同，但差异程度恰到好处，能让你看出分别却又不会影响整体属性。

西蓝鸲（western bluebird）被认为是一个独特的种类，可能较东蓝鸲更鲜艳夺目，纳托尔认为他的叫声更加多变、甜美、柔和。其体色接近佛青，肩上有栗红色饰带——我猜想这些都是加州美妙的空气与天空，以及广袤的西部大平原带来的造化。若再往高处，进入西部山区，就能见到山蓝鸲（Arctic bluebird），其胸前已非红褐而是蓝绿，两翅更长更尖；除此之外与我们这里所见的种类无太大差异。

蓝鸲筑巢通常会选择树桩或残根上的洞眼，如有可能，就直接占据啄木鸟弃用的树洞。不过刚开始时，他们似乎一门心思想以更气派的方式开始世间生活，为此，幸福的蓝鸲夫妇会在农场建筑物周围进行一次声势浩大的寻房之旅，一会儿意图霸占一间鸽舍，一会儿又叽叽喳喳地讨论起燕子去岁留下的一个旧巢，或是拍着翅膀热烈宣布他们已经征用了鹪鹩或紫崖燕的住处。这样一直折腾到其本能需要已然变得刻不容缓，才停止了一切美丽的幻想，多数蓝鸲都回到偏远荒地，在本族用过的旧树桩或木节孔里安顿下来，然后急忙开始工作。

这种时候，只要蹑手蹑脚地走近，用手堵住洞巢入口，就能轻易捉住雌鸟。她眼见无望，多半也不试图逃走，就那样待在窝里，直至感觉到身体被你的手握住。我曾往洞里瞧过，只见那可怜的东西被吓得浑身发抖双目圆睁，可始终一动不动，直到我后退了几步，才一声大叫冲了出来。雄鸟听到叫声匆忙赶回，一边鸣叫一边哀求似的抬起翅膀，但与大多数鸟类不同，他未表露出丝毫愤怒或斥责埋怨的意思。实际上，这种鸟好像根本无法发出尖厉之声，或做出恶毒、暴怒之举。

在地面筑巢的鸟都有一些把人诱离鸟巢的伎俩或方

法，他们会假装残疾，比如折翅或断背的样子，因而追赶之下常常能轻松捕获。在树上筑巢的鸟，靠的是把巢小心隐藏起来或置于不可及的高处。但蓝鸲两项本领都没有，因此他的巢很容易被发现。

孵蛋的蓝鸲及巢本身所面临的危险，基本上只来自蛇和松鼠。我知道有一个农家少年，每次经过蓝鸲的窝时都会伸手去抓成鸟。有一天他刚伸手进去就感觉到了异样，于是赶紧缩回来，紧跟着一条巨大黑蛇的头颈就伸了出来。男孩拔腿就跑，黑蛇穷追不舍，危急之际，附近一个犁地的农夫用赶牛鞭把他救下。

雄性蓝鸲是鸟类中最快活、最殷勤的丈夫。但几乎在所有我们熟悉的鸟类当中，生活起居的重大责任基本全落在雌鸟身上。雄鸟活泼外向，雌鸟严肃尽责。雄鸟充当陪护，形影不离地跟着雌鸟，从不冲在前头，从不指手画脚，只负责协助和喝彩。如果说他的生活里全是韵文和罗曼蒂克，那雌鸟的生活里就只有散文和例行事务。雌鸟没有享乐只有责任，唯一的责任就是照看家园与幼鸟。她对雄鸟不会显露出丝毫爱意，对后者的陪护也不会表示出任何愉悦；她视雄鸟为不得不忍受的累赘，一旦后者丧命，她就会去寻觅下一任配偶，事务性的处理方式和你去找管道工或玻璃安装工没什么两样。多数情况下，雄鸟在这种配偶关系中只是荣誉合作方，对其运营几无贡献。两性地位在啄木鸟、鹪鹩、燕子之中似乎更加平等，而在刺歌雀之中差异或许最为突出：刺歌雀的求欢依循阿拉伯风格，雌鸟全速奔逃，雄鸟迅急追赶；若不是有幼鸟出现，你断难相信他们的交尾带来了什么亲密的成果。

就蓝鸲来说，雄鸟除了赏心悦目之外，也有实用。他是不离雌鸟左右的快乐拥趸和守护者，雌鸟孵蛋期间，他定时给她喂食。观察他们筑巢是一大趣事。雄鸟十分积极地物色着合适的地点，一直在勘察盒子、树洞之类，但他对整件事似乎并无选择能力，只是急切地想取悦和鼓励他的伴侣。雌鸟拥有辨别哪些可用、哪些不可用的本领，一俟她选定了合意之地，雄鸟就对她大加赞美，随后他们相伴去寻筑巢用料。飞行时雄鸟似一名贴身护卫，飞在雌鸟上方靠前的位置。雌鸟独力承担所有用料搬运及建巢工作，雄鸟在一旁看着，用身姿和歌声予以鼓励。此外他还担当建巢工作的督察员，不过我怀疑这名督察私心颇重。雌鸟衔着一段干草或麦秆进入巢内，按自己喜好布置完毕后，就退出巢外等在一旁，雄鸟进去检查。出来之后他明确宣布："很好！很好！"然后就双双继续寻材料去了。

蓝鸲如在农场建筑物周围营巢，有时会和燕子发生冲突。刚过去的这一季里，我曾见一对蓝鸲决意武力占据一对燕子的住所。那是一对美洲燕，当季都把巢安在谷仓檐下。蓝鸲原本住在附近一个小鸟舍里，却遭鼠群或某只黄鼠狼破坏，无疑情绪恶劣，加之时节已不早，于是他们强行闯入邻居的陋居，盘踞了数日。不过我相信他们最后还是撤离了，因为不想生活在这么一个聒噪不休的群体中。我听说，这些燕子在被灰胸长尾霸鹟以此方式逐出家园后，就会着手准备，然后趁敌尚在巢中，将入口砌死，从而实施一场彻底及残忍程度堪比人类史上所有恶行的报复行为。

蓝鸲和莺鷦鹩更常起冲突。几年前我在自家花园尽头给鷦鹩放了一个盒子作为鸟舍，此后每季都有一对在那里居住。后来有一年春天，一对蓝鸲开始往那里探头探脑，还在周围流连了几日，我几乎确信他们打算把那里据为己有了。不料他们最后飞走了，没过多久鹪鹩夫妇出现，先是一番卿卿我我，然后一如既往地在老地方安顿下来，快活得无与伦比。

我们有位年轻诗人迈伦·本顿[①]曾见一只小鸟：

被旋风般的阵阵狂喜搅得心神不定

这必是鹪鹩无疑，因为就我所知，没有别的鸟会像这种小流浪者一样因音乐而兴奋悸动至此。刚才提到的那一对似乎特别高兴，雄鸟的嗉囊里起了一阵小型音乐龙卷风，让他一整天时时刻刻"心神不定"。可是没等他们蜜月结束，那对蓝鸲又回来了。我清晨还没起床就知道情况不对，因为窗外传来的并非鹪鹩往日欢快的叽叽喳喳，而是语速飞快的谩骂呼喊。我出了门，发现蓝鸲已经占据了盒子。可怜的鹪鹩绝望至极，他们以本族特有的方式绞着双爪，撕扯毛发，但最主要的还是气急败坏地发泄对入侵者的厌恶和愤怒。我毫不怀疑，他们的话

① 迈伦·本顿（Myron Benton，1834—1902），诗人，1862年秋与作者相识。——译者

倘若能被解读，肯定是史上最流利最恶毒的谩骂，因为鸊鷉很是泼辣，且如簧巧舌胜过了我所知道的其他任何一张嘴。

蓝鸲夫妇一言不发，但雄鸟一直在盯着鸊鷉先生，一旦后者靠得太近，即起而逐之，逼其躲到篱笆、垃圾堆或其他什物下面。被逐者继续叫嚣不止，驱逐者坐在篱笆或蔓生支架上，等着对手再次现身。

日子一天天过去，夺位者开枝散叶，被夺者凄凄惨惨。但后者依然在附近流连，观察、辱骂着仇家，无疑期待着有朝一日事情会出现转机。不久，果然如愿以偿，愤怒的鸊鷉得以一雪前耻。那时雌蓝鸲已经产完蛋，准备开始孵化。一天，雄蓝鸲正坐在雌鸟上方的谷仓顶上，一个少年手拿一只缺德的弹弓走了过来，啪的一声用石子将他击落。他掉在草地上，宛如一小块陨落的天空。丧偶的雌鸟似乎很理解这一变故，并未多作纠缠，隔天就离巢去寻下一任配偶了。至于她如何在避免大声宣扬的同时公开自己的意图，我不得而知，不过我猜想鸟类自有一套方法来达到广而告之的目的。也许她能凭运气钓上某只流浪的单身汉或鳏夫，愿意去抚慰她这仅守寡一天的雌鸟。顺带说一句，鸟类中没有自愿为之的单身汉，他们全都是遭拒了的追求者；老处女则是完全没有。雌鸟皆有偶，此外还会有不少备选。

雄鸟的叫声和羽衣使其更易暴露，而且迁徙时他们是先锋，因此大自然似乎有意让其数量略多一些，以防供应不足。这样有时候就会导致某些雄鸟不得不单身，因为雌鸟的数目不够分配。但在季节结束之前，已成配偶关系中肯定会出现空缺，此时单身雄鸟就应召补上。

在蓝鸲家发生变故的同时，鷦鷯们高兴得忘乎所以，甚至尖叫起来。如果说雄鸟之前“被旋风般的阵阵狂喜搅得心神不定”，那他现在简直面临着被狂喜撕裂之虞。他嗓子憋足了劲，以鷦鷯史上前所未有的方式大唱赞歌。雌鸟也是一样，看她多么欢欣雀跃！这一对真是忙呀，先急急冲进巢内，不到一分钟就把那些蓝鸲蛋推了出去，现在开始这里是鷦鷯的天下了。他们搬了新材料进去，到第三天就重新在旧居里住下了。可就在第三天，这小剧场又出现了急遽转折——雌蓝鸲带着新丈夫回来了。哎呀呀，简直是晴天霹雳。鹪鹩家那两个小家伙又经历了怎样的惊愕绝望啊！真是不幸。他们未像上次那样骂声连连，反而在一两天后就悲痛无言地离开了花园，彻底放弃了斗争。

归来的雌蓝鸲看见鸟蛋失踪，巢也变了样，陡然间变得戒备十足，尽量避免靠近盒子。另外，由于发现自己不像先前预料的那样迫切需要新一任丈夫，她开始懊悔行事过于草率，打算解除婚姻关系。可是幸福的新郎不解其意，还在费尽口舌地安慰雌鸟。他是如此年轻而天真，我敢肯定，在这位寡妇找到他之时，他当季的羽衣还未完全长成。他认为那个盒子就是个盒子而已，没必要紧张，还花了好几天时间试图说服雌鸟归巢。即便当不成继父，他也非常乐意让双方的关系更近一步。他在盒子周围徘徊，飞进飞出，呼唤着，鸣啭着，恳求着。雌鸟偶尔有所回应，飞落在近旁，甚至还会朝窝里瞅上两眼，但始终没有进去，且很快就又飞走了。新郎犹疑地跟着，不过很快就折回，信心十足而快乐地呼喊着。如果雌鸟不归，他就站在巢上一遍遍响亮地鸣叫，眼望着新娘离去的方向，尽其所能地召唤着。然而雌鸟回应的频率越来越低，我有时只看见雄鸟在那里。但最后他还是放弃了；他们都没了踪迹，夏季余下的时间里，盒子一直空着。

黄喉地莺

第八篇
自然之邀

多年前的一个星期日，少年的我和兄弟们一起在树林里闲逛，捡拾些黑桦、冬青之类。后来躺在地上不经意往树上看时，我瞥见一只鸟在我头顶一根树枝上停留了片刻，那是一种我从未睹其容或闻其声的鸟。可能是北森莺，我后来发现他在这林子里颇为常见；但当时在我少年的幻想中，他宛如神鸟下凡，那样鲜艳夺目，新奇意外。树叶摇曳散开的瞬间，我看见他的身影以及翅膀上的白斑，然后他就飞走了。此后他在我心中盘桓良久。他如同天启，是我得到的第一个暗示，让我知晓在我们如此熟悉的树林里生活着我们对其如此无知的鸟类。那么，是我们的眼和耳愚钝不堪吗？我们知道在树林里及其边缘地带，有知更鸟、冠蓝鸦、蓝鸲、金翅雀、雪松太平鸟、灰嘲鸫、棕顶雀鹀、啄木鸟、扑翅䴕、一种罕见的红雀及别的几种鸟，可谁曾想过，除此之外那里还有连猎人都没见过，任谁也不知其名的其他品种？

过了些年，某个夏日，我带着枪再次进入森林，此时的心态已不同于当年，或许也已不那么天真。我发现少年时的想象果然成真。那里确实还生活着其他鸟类，且数目众多，他们在我熟悉的树木中间歌唱、筑巢、繁衍，而我以前经过时竟一无所见，一无所闻。

这是等待着每一位鸟类学学生的惊喜，其所带来的兴奋喜悦以及随之而来的新鲜而热切的求知欲望，是其他任何职业或爱好都无法赋予的。迈出鸟类学研究的第一步，采集到一个新标本，你就得到了整趟旅程的入场券。它有一种让人无法抗拒的吸引力，因为它能与其他活动——无论是渔猎农耕还是徒步露营——与一切将人带入田野和森林里的活动和谐共存。采黑莓的时候可能就会有稀奇的发现，赶着牛群去牧场时也可能听闻新的鸟叫，发现新的鸟种。处处都藏着秘密，片片灌丛里都有新鲜事。你时刻怀抱着期待，前人从未见识过的东西也许下一秒钟就会为你现身。森林呈现出全新的趣味，你渴望探索那里的每一个角落，即便迷失其中，你也能获得慰藉——你会听见夜鸟和猫头鹰的叫声，漫游途中也许会邂逅未知的鸟类。

去林中或海边远足时，鸟类学学生要比同伴占优，因为他拥有多一种可能，多一个快乐来源。他确能一举两得，甚至三得。别人也许会迷路，但在他绝无可能，因为处处都是他的游乐场。牛的哞哞声让他感觉自在，新奇的音符或鸣曲会吸引他所有的注意。奥杜邦在拉布拉多半岛的荒凉海岸上快活得赛过君王，后来在甲板上见到一种稀奇的海鸥时，几乎连晕船症都痊愈了。

人必须亲自品味，方能体会或欣赏个中妙处。旁观者看不出这份热情的缘由。几片羽毛和一两声类似乐音的鸣叫而已，何必如此劳神？威尔逊曾经尝试从东部一位州长处获得研究资助，州长半带轻蔑地回答说：“谁会为了解那些鸟花一百二十块钱呢？”的确。买来的知识花多少钱都嫌昂贵。最宝贵之物是无价的。尊敬的阁下，我们请您购买的并非刻板的书本知识，而是对田野和森林的全新兴趣，一种德行和智性的全新补药，一把开启自然宝库的全新钥匙。您还能从中获得其他许多馈赠：空气，阳光，怡人的芳香和清凉，以及摆脱了政界纷扰后的舒畅愉悦。

昨天是个十月少有的晴暖日子，我大半时间都在岩溪流域一个人迹罕至、林木繁茂的山谷里度过。岸边一棵柿子树上掉下来一些果实，我正站在齐膝深的水里捡果子时，一只林鸳鸯（wood duck）从上游飞来，刚好从我头顶掠过。不一会儿又反向折回；接着再次顺流而下，在一个弯道处低旋，准备停落在一段我看不见的平静隐秘的水道旁边。约莫半个小时后我经过那里时，鸳鸯惊恐万分地大叫着飞起，一片静寂之中，我能听见翅膀的呼哨声和溅起的水声。在附近，我还发现了浣熊来水边寻找新鲜蛤蜊的地方，他在泥沙上留下了长而尖的爪印。尚未完全走出这段隐秘水域，就见一对神秘的灰颊夜鸫从地上飞起，落在一根低枝上。

谁能说得清楚，这只林鸳鸯、这些沙地足迹还有这来自遥远北方的奇异鸫鸟，给秋日的森林增添了多少妙趣?

书本上得来的鸟类学总不能尽如人意，向自然学习才能带来真正的满足感。必须与鸟有最原始的接触。书本只是指引，是一纸邀约。即便并无新的品种留待发现，任何一个拥有健康和热情的年轻人都将以全新的视角观察这个领域，也完全有资格去体验新奇的发现所带来的震撼与喜悦。

但同时我要强调，书本是无论如何也不能舍弃的。一本威尔逊或奥杜邦的著作至为宝贵，可以作为参考以及对照笔记之用。若没有这些，去一些大型博物馆或收藏馆也会大有裨益。刚开始你会发现很难根据单纯的文字描述去辨识鸟类，这时去参照一些彩色插图或填充标本就会一目了然。书本的主要价值就在于此；它们好似标注清晰的航海图，会为你省去许多时间与精力。首先，发现鸟，观察其举止、歌声、鸣叫、飞翔姿态及栖息地；然后猎杀之（而不是透过望远镜盯着看），再与奥杜邦对其描述进行比照。依照此法，你也许很快就可征服鸟类王国。

鸟类学家按科、目、属、种等把鸟类一分再分，初看之下很容易让读者迷惑受挫。其实，任何对鸟类学感兴趣的人，只要了解一些大致分类，再细心观察各自的特征，就能辨识大部分鸣禽。迄今，我们的陆禽中常见的无非莺鸟、莺雀、霸鹟、鸫鸟或燕雀。

莺鸟或许是最易混淆的一种。他们是纯种林莺，不折不扣的林鸟。体小活跃，但叫声低弱，需仔细寻找才可得见。在林中穿行时，很多人都能隐约听见头顶的树上传来乐音似的微弱啁啾。这多半出自莺鸟。在中部及东部各州，几乎每个自然生长区内都生活着五六种莺，像橙尾鸲莺①、黄喉地莺、黄林莺（并非普通金翅雀，而是黑冠、黑翅、黑尾）、黑枕威森莺、黑白森莺；也可

① 我知道橙尾鸲莺常被归为霸鹟，但他的歌声、形态及习性无论怎么看都是莺鸟的特征。他身上最接近霸鹟的特点在于喙，但在普通观鸟者看来，他与真正的鹟属（*muscicapa*）之间的相似之处很少，甚至完全没有。——原注

能是别的种类，要看树林的地理位置及特征。在松林或铁杉林里，可能是这种居多；在槭树、橡树林里或山区中，可能又是另外一种。地莺属中最常见的有黄喉地莺、黄腹地莺和黑胸地莺，主要生活在低矮、潮湿、多灌丛或半开阔的林地，总在地面附近甚至时常就在地面上活动。

夏黄鸟，或称黄林莺，现在已完全脱离了树林，生活在果园、公园、溪流沿岸以及城市村镇的树上。

越往北走，莺鸟数量越多，到了新英格兰北部及上下加拿大省，① 六月份有多达十至十二种莺在此繁衍。奥杜邦曾发现白颊林莺在拉布拉多地区繁殖，骄傲地成为首个亲见其鸟巢的白种人。这些莺在五月份北迁时，或只身孤往，或成双成对，黑冠和条纹羽衣异常醒目。九月成群结队或成松散队形返回，羽衣一律变成暗灰或杂

---

① 美国独立战争（1775—1783）之后，由于到达魁北克的保皇分子越来越多，英国遂于1791年将其所辖加拿大殖民地分成上、下加拿大省（Upper Canada & Lower Canada），上加拿大的领土包括现今加拿大安大略省南部和以前新法兰西在北部被称为“上游地方”（pays d'en haut）的所有领土，下加拿大管辖范围包含现在加拿大的魁北克省南部、纽芬兰与拉布拉多的拉布拉多地区。1841年《联合法案》实施后，二者合并成为加拿大省。——译者

色，且体态丰硕。他们在树冠间搜寻数日，动作迅疾难见其形，之后便飞走了。

据我观察，生活在中部地区的人，在秋季鸟类南归时见到的莺鸟种类，要远远少于其春季北上时的数目。

黄腰林莺在秋季最是醒目。他们在街道和花园附近流连，对干巴巴掉光了叶子的树木似乎尤为青睐。他们不怀好意地跳来跳去，尖厉地叫着。在华盛顿时，我整个冬季都能在郊外看见他们。

奥杜邦发现并记录了四十多种莺，晚近的作家又进一步细分，给新的类别赋予了新的名称。不过这一部分只有职业鸟类学家才会产生兴趣并发现价值。

在我看来，林莺中最出色的鸣禽当属黑喉绿林莺。他的歌声甜美清晰，但很短促。

最罕见的几种包括：白眉食虫莺（Swainson's warbler），据说濒临灭绝；白喉林莺（cerulean warbler），据说大量生活在尼亚加拉一带；黑胸地莺，我曾见他们在纽约州特拉华河源头地区繁殖。

莺雀可以说是莺鸟和纯正霸鹟之间的联结纽带，身上兼具二者的特征。

红眼莺雀或许是莺雀中最引人注目、数量最多的一种，他那甜美的独白是我们在森林和草丛里听到的最持久、最欢乐的声音之一。莺雀体型较莺鸟稍大，但颜色远不及后者绚烂多样。

我们这里大部分林子里都生活着四种莺雀，分别是红眼莺雀、白眼莺雀、歌莺雀和孤莺雀。红眼和歌莺雀数量最多，白眼歌声最欢快动听。我只在低洼湿地的茂密灌丛里见过白眼莺雀，他避开观者的视线倾情歌唱，声调之尖、吐音之快让人叹为观止。他的音乐非常特别，尽管其中夹杂着其他某些鸟的音符片段，但绝对独树一帜。这种鸟的虹膜呈白色，正如红眼莺雀的虹膜呈红色一样，不过无论哪一种，你在两三码距离之外都看不出来。大多数鸟的虹膜为深褐色，常被当成黑色。

悬在森林低处树枝上，秋叶飘落后便暴露无遗的篮状鸟巢，多半属于红眼莺雀。孤莺雀的巢与之类似，但通常选在更偏僻隐秘的地点。

莺雀通常下体为极浅的灰色，往上逐渐变深，稍带绿色。红眼莺雀的冠略带蓝色。

当人类接近鸟巢时，大多数鸟都会显露出极度的戒心和忧虑，常常伴随着冲天怒气；但红眼莺雀在此情形下的表现却是个例外。成鸟夫妇会在巢上方的枝叶间轻柔地徘徊，一脸天真好奇地看着入侵者，时不时发出一声低叫或哀叹，心神不定，戒备有加，但未流露出丝毫愤怒或焦虑。

和动物一样，鸟类也不太容易被发现正在打盹。不过我记得在一个秋日，曾遇到一只明显对周遭物事浑然不觉的红眼莺雀。这家伙虽然已完全长成，但还年幼，正在石南地里一根低枝上午睡，头舒服地藏在翅膀下面。这时随便来一只鹰都能将其轻松擒获。我悄无声息地靠近，在距离还有几英尺的地方停下来观察其呼吸。鸟类的呼吸远比人类的呼吸快速饱满，他们的肺活量超过其他所有生物，因此体温更高，动脉血压也更高。我伸手小心地握住这只带翅的沉睡者，突如其来的惊恐几乎令其动弹不得。然后这鸟儿开始挣扎哀求，等我松开手，就急忙在附近的灌丛里藏了起来。我一点都不期望下次还能遇到这样的事。

与莺雀相比，霸鹟家族更庞大，特征也更明显。

他们并非严格意义上的鸣禽，反被一些作家归入叫鸟（screecher）之列。其好斗倾向众所周知，不仅自己窝里斗，与邻居也是摩擦不断。王霸鹟（或称霸鸟）可被视为此中典型。

普通绿霸鹟最是赏心悦目，因他叫声温婉，用苔藓做成的巢也极为精致。

灰胸长尾霸鹟是霸鹟中的先行军，四月就来了，有时甚至是三月，毫不拘谨地在房屋及附属建筑物周围晃悠，通常把巢建在干草棚下或者桥下。

霸鹟捉虫总是在飞行之时，凭借突然的一跃或猛扑来完成，常常伴随着嘴巴很响亮的啪嗒一声。

此一类鸟无论就体态还是颜色而言，都是我们的鸟类邻居中最不雅致的：腿短，颈短，头大，喙宽大扁平，基部有短毛。他们飞行时翅膀常有奇特的颤抖动作，停下来时尾巴会频频晃动。

据发现美国有十九种霸鹟。在中部及东部地区，夏季时不用费心寻找就能发现其中五种，分别是王霸鹟、灰胸长尾霸鹟、绿霸鹟、大冠蝇霸鹟（尾部鲜亮的赤褐色使其明显区别于其他几种）以及小绿纹霸鹟。

鸫鸟是真正通晓音律的鸟类，带给人的愉悦可能要超过其他任何纲目所能及。知更鸟是我们最熟悉的例子。鸫鸟各品种的举止、飞行姿势及体态均相同。看过知更鸟如何在地上蹦跳、搔首弄姿、寻觅虫子、盯着眼前某处或观察者、满腹狐疑地张开翅膀、径直飞回栖息处或者于黄昏时分坐在高枝上唱出真诚甜美的曲调，也就能了解所有鸫鸟的特点。他们仪态非常优雅，歌曲旋律极其优美。

除了知更鸟（无论如何也算不得林鸟），在纽约州还生活着棕林鸫、隐夜鸫、棕夜鸫（或称威氏鸫）、斯氏夜鸫，另外还有一两种暂无确切命名。

棕林鸫和隐夜鸫是歌者中的头魁，至于哪个更胜一筹，恐怕是见仁见智。

关于燕雀，奥杜邦记载了从雀鹀到蜡嘴雀共六十余种，包括鹀鸟（bunting）、紫朱雀（linnet）、雪鸟、交喙鸟（cross-bill）和红雀。

大西洋各州有差不多十二种雀鹀，但业余观鸟者能辨识的估计连一半都不到。歌雀鹀是连幼儿都识得的，每年来得最早，至少声音最先到。在晴朗宁静的三月早晨，听见那简单的乐音从花园的篱笆或旁边的树篱上传来，还有什么能让人更觉清爽舒畅？

田雀鹀或栗肩雀鹀，也被称作草鹀、栗翅雀鹀，体型较歌雀鹀稍大，灰色较之更浅，在高地的农田和牧场里数量甚多，歌声异常柔美。他在地面上营巢，不做任何遮掩或防护，也在那里栖息。傍晚穿过田野时，我常常惊得他们从我脚边飞起。若在白天受到如此惊扰，他们会迅疾飞走，露出两根白色尾羽。走在乡间路上的旅人常会打扰他们把翅膀藏在绵软干燥的土里，或者会看见他们在前面的篱笆上躲闪跳跃。他们时而跑到牲口前面的犁沟里，时而落在几杆之外的石头上。因其在日落后歌唱不止，晚近有位作家威尔逊·弗拉格[①] 呼之“黄昏雀鹀”，可谓名副其实。

在草地和低处湿地上可见稀树草鹀（Savannah sparrow），可依靠其昆虫般的婉转鸣声来辨别。在沼泽地自然可见沼泽带鹀。

狐色雀鹀是雀科中体型最大、样貌最俊的一种，秋

① 威尔逊·弗拉格（Wilson Flagg，1805—1884），美国作家、博物学家。

季才会从北方的繁殖地来到我们这里。与之类似的还有树雀鹀（或称加拿大雀鹀）、白冠带鹀和白喉带鹀。

棕顶雀鹀，又称毛鸟、红头斑雀，为雀科中体型最小者，我相信也是唯一在树上营巢的一种。

燕雀普通喙短且呈圆锥形，尾部略呈叉形。论音乐的抑扬变化，最出色的当属紫朱雀。

除去我在此概述的几种常见类别，鸟类中还有其他许多科，虽然标本数量相对有限，却包括了一些我们很熟悉的鸣禽。比如刺歌雀，实际上没有同属品种。与南部州著名的小嘲鸫同属的，在大西洋各州不过两种，即灰嘲鸫和褐弯嘴嘲鸫。

鹪鹩是很有意思的一个大科，作为鸣禽他们以活泼健谈著称，较常见的有莺鹪鹩、林鹪鹩、长嘴沼泽鹪鹩（marsh wren）、大卡罗苇鹪鹩和冬鹪鹩。后者的名称可能缘于其在北方繁殖的特征；他是一位技艺精湛的歌者，吐音快速，又带着甜美的森林气息和丰富的节奏变化，就像一阵突然响起的音乐铃声。

威尔逊把戴菊称为鹪鹩，但前者除了鸣声具有上述连续、快速、热情的特征之外，与鹪鹩再无相似之处。布鲁尔医生在新不伦瑞克（New Brunswick）的森林里沉醉于这些小小吟游诗人的歌声，还以为此音出自一只白颊林莺。他似乎不愿相信像戴菊这般娇小的鸟能拥有如此强大的声音力量。那实际上可能是冬鹪鹩，不过据我的观察，我相信金冠戴菊也绝对具备这样的表现力。

不过我得打住这个话题，继续往下说。说到鸟类学著作，奥杜邦的书虽然价格让多数读者望而却步，却是迄今最完整、最准确的版本。他的插画精确而生动，令其他作者望尘莫及，他对事业的热情与奉献精神在科学史上几乎无人可比。他关于野鹅的描述文字美如诗篇。热情之真挚，目的之纯粹，让人很容易忽略其常显冗长做作的文体。

没有谁的眼睛比奥杜邦的更热切，不过确有比他更敏锐的耳朵。比如纳托尔，他对鸟类歌声及鸣叫的描述要恰当得多，也更可信赖。奥杜邦认为白眉灶莺的歌声与欧洲夜莺的相同，由于他本人两种声音都听过，我们会认为他有正确评价的立场。然而毫无疑问，他的判断有厚此薄彼之误：与夜莺的歌声相比，灶莺的歌声极为短促，且以明快和活泼为其主要特征；而夜莺的歌声，若按书本描述，长处在于旋律和谐调。还有，奥杜邦称斑翅蓝彩鹀的歌声与刺歌雀的类似，但其实二者的相似程度就如同两种鸟在颜色上的相似程度一样甚少——一种是黑白，一种是蓝色。他说橙顶灶莺的歌声是“一小串简单音符，开头强劲，渐次转弱”，实际上这种渐变恰是反向的，开头低沉而尾音尖厉。

然而，考虑到奥杜邦研究范畴的广度，其失误之少是非常了不起的。我现在只能想起一例，经我亲身证实他的论断有误。他在关于刺歌雀的论述中提到一点，称他们秋季返回南部时不像春季北上时那样会在夜间飞行。而我在华盛顿居住期间，一连四年秋天夜间都能听见他们从上空飞过。奥杜邦终其一生都在研究这个课题，辨识并记录了四百余种鸟类，因此偶尔在我们熟悉的树林里发现一种他未曾提及过的鸟会让人兴奋不已。我至今只有过两次这样的经验。初秋的一天，我在西点军事驻地周边的树林里散步时，地上的一只鸫鸟受惊飞起，转而落在几码外的一截树枝上。我看那模样很是眼生，感觉从没见过腿这么长的鸫鸟。将其射杀之后我发现，确实是初见。特征如下：尾巴方阔；腿长，从中趾端到髋关节长 3.75 英寸；上体为均匀的深黄褐色，下体灰色。后经证实，这是灰颊夜鸫（*Turdus aliciæ*），由贝尔德教授[①] 命名并首次记录。但我们对这种鸟所知甚少，只知道他们在极北地区，甚至于北冰洋的海岸上繁殖。看来要想听闻他们的歌声，我可有的走了。

如上所说，当季我在华盛顿州附近遇见了这么一对。这种鸟体型接近棕林鸫，较隐夜鸫和棕夜鸫都大；与同科其他品种不同，其羽衣全无黄褐或黄色。另外一次经历是遇见了黄眉灶莺或称小水鸫，这是橙顶灶鸫的嫡系表亲，白眉灶莺或称水鹡鸰的异母兄弟，地点在特拉华河源流中间一个偏远山中湖泊的入水口，他显然在那里安了巢（这种鸟通常都在极北地方繁殖）。鸣啭清晰有力，一听就能辨出同属的叫声特征。他似乎为人所熟知，但我在书上并未找到相关描述。

晚近作家和探险家给奥杜邦的鸟类名录上新增了

---

① 贝尔德教授即前注所涉《北美鸟类史》的合著作者，美国著名博物学家，时为研究北美鸟类的权威。本书黑白版画插图即由他本人为修订版亲自从专著《北美鸟类史》中选出并修正。——编者

三百余种，其中大多数生活在新大陆的北部和西部。奥杜邦的考察范围主要集中在大西洋、墨西哥湾沿岸各州及附近岛屿，因而他对西部或太平洋沿岸的鸟类所知很少，在著作中只略有提及。

顺便一提，许多西部的鸟类看上去似乎只是东部鸟类的复制，这一点让人称奇。比如说，西部的杂色鸫（varied thrush）就是我们这里的知更鸟，只是特征稍有不同；红扑翅䴕就是我们的金翅䴕或称扑翅䴕，只不过颜色由黄变成了红。另外还有西部版本的山雀、棕胁唧鹀、冠蓝鸦、草地鹨、雪鸟、蓝鸲、歌雀鹀、松鸡、鹌鹑、库氏鹰等。

最让人赞叹的西部鸟类之中，有一种生活在达科他平原上的云雀，可以升至三四百英尺高的空中，从那里往下界倾洒欢乐之歌。这种鸟与东部一些品种有明显的亲缘关系。

一年九月，一位笔友从农村写信告诉我："我近日在此地观察到一个新的品种。他们栖在房子、篱笆以及地面上。是一群步行者。"几天后他捕获了一只，把毛皮寄给我。如我所料，是黄腹鹨（American pipit），又称褐色鹨（titlark），一种体形修长的褐色鸟，和雀鹀差不多大小，春秋两季会横穿美国，往返于极北的繁殖栖息地与南部之间。他们通常三两成群或以松散分队出现，在河岸和耕地里觅食。和栗肩雀鹀一样，飞起时会露出两三根白色尾羽；飞行过程中，每隔几杆距离就会发出一声啁啾或鸣叫。他们在拉布拉多地区覆着苔藓的荒凉石头间繁殖，鸟蛋在佛蒙特州也曾被发现过，另外我确定八月份在阿迪朗达克山区曾见过这种鸟。雄鸟一冲上天，像所有鹨鸟一样，唱着简短但旋律优美的曲调。他们确实是步行者。这是只有少数几种陆禽具备的特征。据目前发现，大多数陆禽都是跃行者。你看雪鸟的足迹，不像乌鸦或披肩榛鸡的那样一前一后，而是并排着的。雀鹀、鸫鸟、莺鸟、啄木鸟、鹀鸟等都是如此。而另一方面，所有水禽或者半水栖的鸟类都是步行者，你看鸻（plover）、鹬和沙锥（snipe）全都跑得飞快。陆禽之中，松鸡、鸽子、鹌鹑、百灵及各类拟八哥属步行鸟。燕子在用到脚的时候也是步行的，但走得十分笨拙。百灵则走得优雅轻松，你只要看看草地鹨整天在草地上昂首阔步就知道了。

斯氏鹨

除了步行这一特征，百灵及其近缘鸟类都是在飞行时歌唱，他们在空中经常或悬停或盘旋，抖动翅膀翱翔。草地鹨在季节初期时不时会这么做，每当这种时候他那拖长了的叫声或哨音就变成了圆润多情的鸣啭。

刺歌雀身上也具有这两个特征，而且，尽管在形态、体型等方面存在差异，他其实非常类似书上描述的英国云雀，歌声毫无疑问也可与之媲美。

我们这里的小型林鸟中，有三种既是步行者，也多少具备在飞行时唱歌的特点。他们生活在密西西比河以东，彼此近缘，即我刚才提到过的两种水鸫或称鹡鸰[①] 以及橙顶灶莺或称林鹡鸰。后一种最为常见，没有

① 即作者认为极易混淆的白眉灶莺与黄眉灶莺。——译者

哪位观鸟者会忽略他流畅自如的步法。他身上另外一个类似百灵的特征，即在飞行时歌唱，似乎还没有博物学家见识过。然而此特征确定无疑，只要在六月的下午或傍晚，在这种鸟常出没的树林里待上半个小时，即可得到佐证。我常在日落之后听见他歌唱，暮色掩映下，这位欢歌者的身形似已融入天际。我知道一座山顶陡峭的高山，傍晚坐在那里时，几乎时时刻刻都能听见他们歌唱。那鸟儿有时远远地在我下方，有时近在咫尺，更常在山顶之上百英尺处的高空盘旋。他从开阔地一侧的树上起飞，在空中达到顶点，再猛冲至另一侧。一曲完毕后的下落异常迅速，与黄腹鹨离开航线落到地面时的俯冲动作一模一样。

最初证实这一观察是在几年前。在那之前我已久闻其声，但对于歌唱者只是有强烈的怀疑。后来，在新叶初生时节的一个傍晚，我在林间散步时，正好看见一只这样的鸟就在几杆距离之外。我轻声自语："出来吧，若真的是你，现在就请现身，我正是为了解惑而来。"这时他开始上行，半跃半飞，穿过树枝，同时发出一声尖叫，初试啼音。我的视线跟随着他，看他升入高空，在林子上方盘旋，然后疾掠而下冲进树林，落在与起飞时几乎完全相同的位置。

食物是鸟类生命中最重大的问题，因此我们这些带羽邻居所面临的最艰难处境，应是在早春时节，那时大自然因预期到食物短缺而储存在他们体内各处的脂肪都已耗尽，而季节带来的气候突变又对他们的精力提出了极高的要求。毋庸置疑，早归的鸟类中有很多死于饥饿和严酷的气候侵袭。三月里有一天我遇见了一群树雀鹀，看上去全都明显消瘦了不少，其中一只甚至虚弱得一下就被我抓在手里。

今年三月第一个星期，一股强烈的寒潮逼得蓝鸲躲在房舍及附属建筑物周围。夜晚降临，冷风和寒意更甚，他们看上去满心忧虑戒备，若在城郊，就来到门窗前，在百叶帘后躲躲闪闪，紧扒着排水檐沟，躲在檐下，或者逐门逐户徒劳地寻找能御寒的安全地带。街上的水泵在把手正上方有一个小开口，这对他们而言是难以抗拒的诱惑。但他们似乎也觉察到那里并非安全之地，因为钻进水泵内部的还没几只——不过六七只——就又冲了出来，仿佛感觉到危险正在逼近。如此重复，那个小洞一次次被混杂的蓝色和褐色占据，又一次次清空。没过多久他们在里面逗留的时间比之前长了些，我出其不意地抓住了三只，他们随后在地窖里找到了更暖和、更安全的角落过夜。

到了秋天，所有鸟类和禽类都变得非常肥硕。松鼠和老鼠靠藏在窝里和隐秘处里的食物维持生计，许多鸟类，尤其在我们这里过冬的鸟，则以脂肪组织的形式在自己体内做了同样的储备。有一年十二月我猎得一只赤肩𫛭（red-shouldered hawk），剥皮时发现他的身体完全包裹在四分之一英寸厚的脂肪皮层里，看不见一丁点肌肉。这层脂肪不仅是防寒措施，也将在食物短缺或完全没有时为他提供身体消耗所需的能量。

乌鸦在这个季节也面临着同样的情况。据估计，一只乌鸦每天至少需进食半磅肉，但在冬季和春季的数周甚至数月时间内，他们显然必须借远远少于此量的食物维持生存。我相信乌鸦或者鹰，若以秋季的身体条件，即使一连两周滴食不进也能存活。家禽也可以。有一年一月，我无意间把一只母鸡关在了一间棚屋的地板底下，那里一丁点食物都没有，而且无遮无挡。等到大约十八天之后被发现时，这只倒霉的家伙居然还活蹦乱跳，只是瘦得可怕，轻如一束羽毛，遇风就倒。但经过小心审慎的喂养，她很快就复原了。

严寒使蓝鸲斗胆接近人类的事实，说明鸟类对人类的惧怕，虽然现在看来似乎是他们的本能，实则明显是后天习得的特征，是他们在原始自然状态下所没有的。每一个猎人都会懊恼地发现，鸽子在连续几天受到攻击后会变得多么狂野；同时也会欣喜地看到，在从未涉足或不熟悉的树林里接近猎物又是何等轻而易举。贝尔德教授告诉我，他们的一位笔友为采集鸟类标本，去了太平洋上距离圣卢卡斯海角（Cape St. Lucas）约两百英里的一座小岛。岛全长仅数英里，人类登岛的次数屈指可数。这位博物学家发现那里的鸟和水禽极其温顺，用枪射杀简直是浪费弹药；只需在长棍一端绑上索套，套住他们的脖颈拉过来就行了，有时甚至连这种工具都用不着。有一种小嘲鸫，比我们这里所见的种类体大，歌声也极为出色，他尤其不惧人，不拘礼节得简直讨厌，在这位采集者写字的桌上跳来跳去，弄乱了纸笔。他在岛上共发现了十八种鸟，其中十二种为岛上所独有。

梭罗曾写道，缅因州森林里的灰噪鸦（Canada Jay）有时会和伐木工一起用餐，从他们手里抢走食物。

尽管现在鸟类视人类为天敌，但不可否认，文明社会整体而言有利于鸟类的繁荣及持续存在，对稀有鸟种来说尤其如此。人类的出现带来了苍蝇和蛾子，各类昆虫也大量增加；新的植物和杂草产生，在人类垦荒之后大面积播种扎根。

从北方移居我们这里的百灵和雪鹀，几乎完全靠草和植物的种子存活。而在众多我们更加熟悉的鸟种中，又有多少完全不进深林，只在田野里活动。

在欧洲，有些鸟几乎已经被驯化，比如家麻雀（house sparrow）。在我们国家，美洲燕筑巢时似乎已完全舍弃了岩石架或者斜岩，转而选择屋檐或农场及其他附属建筑的突出部分。

认识了大部分陆禽之后，就要转向海边以及那里的宝物了。人对水禽的了解少得可怜，即便仔细研读过最权威的著作也还是如此。我最近因为一件事再次深刻认识到这一点。在纽约州内陆度假期间，有一天，一个陌生男人手拿一个雪茄盒出现在我的屋前，我正坐在门廊上，他走了过来。我刚想对他说我从不吸烟，向我推销雪茄纯属浪费时间，可是他倒先开口了，因为听说我对鸟略知一二，就带来了一只让我瞧瞧。他说这只鸟是几个小时前在村子附近的一个草场上捡的，所有见过的人都不认识。他打开盒子的时候，我心想肯定是此地一种较为罕见的鸟种，也许是玫胸白斑翅雀或者太平鸟(Bohemian chatterer)。因此不难想见，当实际见到一只形似燕子的鸟时，我颇为惊讶。这鸟和鸽子差不多大小，尾呈叉形，上体乌亮下体雪白。足为半蹼状，翅狭长优美，一瞥便知是只海鸟。可说到其名称或栖息地，我得查阅奥杜邦的著作或一些大型收藏库之后才能下结论。

这只鸟精疲力竭地掉在草地上，被捡起时已濒临死亡。此地距海得有一百五十英里，也就是说，总共飞行了这么长的距离。这是栖息在佛罗里达群岛的乌燕鸥（sooty tern)，出现在如此靠北的内陆地区，不能不让人称奇。剥皮的时候我发现这家伙瘦得可怜。毫无疑问是由于长途飞行导致饥饿而死。又是一个伊卡罗斯。[1] 强大的飞行能力令其无所畏惧敢于冒险，却也因此被远远带出了原本的生活区，不得不在返回之前忍饥挨饿。

由于形态及飞翔能力之故，乌燕鸥有时也被称作海燕。他几乎整天都在海上飞行，从水面上啄取食物。细分之下有好几种，其中一些美得惊人。

一八六八年

---

① 伊卡罗斯（Icarus）是希腊神话中人物，巧匠代达罗斯（Daedalus）之子，与其父双双以蜡翼飞离克里特岛，因飞得太高，蜡被阳光融化，坠爱琴海而死。——译者

附　　录

鸟类索引①

Blackbird, crow, OR purple grackle (*Quiscalus quiscula*). 拟八哥

Bluebird (*Sialia sialis*). 蓝鸲

Bobolink (*Dolichonyx oryzivorus*). 刺歌雀

Bunting, black-throated OR dickcissel (*Spiza americana*). 美洲雀

Bunting, snow (*Passerina nivalis*). 雪鹀

Buzzard, turkey, OR turkey vulture (*Cathartes aura*). 红头美洲鹫

Cardinal. SEE Grosbeak, cardinal. 主红雀

Catbird (*Galeoscoptes carolinensis*). 灰嘲鸫

Cedar-bird, OR Cedar waxwing, OR cherry-bird (*Ampelis cedrorum*). 雪松太平鸟

Chat, yellow-breasted (*Icteria virens*). 黄胸大鵰莺

Chewink, OR towhee (*Pipilo erythrophthalmus*). 棕胁唧鹀

Chickadee (*Parus atricapillus*). 山雀

Cow-bunting, OR cowbird (*Molothrus ater*). 牛鹂

Creeper, brown (*Certhia familiaris americana*). 美洲旋木雀

Cuckoo, black-billed (*Coccyzux erythrophthalmus*). 黑嘴美洲鹃

Cuckoo, European. 大杜鹃

① 本索引制作于20世纪之前，当时的双名法分类规则与现行系统不尽一致，恕不一一标明。条目略有增删。——译者

Cuckoo, yellow-billed (*Coccyzus americanus*). 黄嘴美洲鹃

Dickcissel. SEE Bunting, black-throated. 美洲雀

Dove, turtle, OR mourning dove (*Zenaidura macroura*).

斑鸠 / 哀鸽

Duck, wood (*Aix sponsa*). 林鸳鸯

Eagle, bald (*Haliaeetus leucocephalus*). 白头海雕

Eagle, golden (*Aquila chrysaetos*). 金雕

Finch, grass. SEE Sparrow, field. 草鹀，见田雀鹀

Finch, pine, OR pine siskin (*Spinus pinus*). 松金翅雀

Finch, purple, OR linnet (*Carpodacus purpureus*).

紫朱雀 / 朱顶雀

Flicker. SEE Woodpecker, golden-winged. 扑翅䴕，金翅䴕

Flycatcher, great crested (*Myiarchus crinitus*). 大冠蝇霸鹟

Flycatcher, green-crested, OR green-crested pewee (*Empidonax virescens*). 绿纹霸鹟

Flycatcher, white-eyed. SEE Vireo, white-eyed. 白眼霸鹟

Flycatcher, yellow. See Vireo, yellow-throated. 黄喉莺雀

Gnatcatcher, blue-gray (*Polioptila caerulea*). 灰蓝蚋莺

Goldfinch, American, OR yellow-bird (*Astragalinus tristis*).

美洲金翅雀

Grosbeak, blue (*Guiraca caerulea*). 斑翅蓝彩鹀

Grosbeak, cardinal, OR Virginia red-bird, OR cardinal (*Cardinalis cardinalis*). 主红雀

Grosbeak, rose-breasted (*Zamelodia ludoviciana*).

玫胸白斑翅雀

Grouse, Canada, OR spruce grouse. 枞树镰翅鸡

Grouse, ruffed. SEE Partridge. 披肩榛鸡

Hairbird. SEE Sparrow, social. 毛鸟，棕顶雀鹀

Hawk, fish, OR American osprey (*Pandion haliaetus carolinensis*).

鱼鹰 / 鹗

Hawk, hen. 库氏鹰

Hawk, pigeon. 灰背隼

Hawk, red-shouldered (*Buteo lineatus*). 赤肩鵟

Hawk, red-tailed (*Buteo borealis*). 红尾鵟

Hawk, sharp-shinned (*Accipiter velox*). 纹腹鹰

Hen, domestic. 家鸡

Heron, great blue (*Ardea herodias*). 大蓝鹭

High-hole. SEE Woodpecker, golden-winged.

扑翅鴷，金翅鴷

Hummingbird, ruby-throated (*Trochilus colubris*). 红喉北蜂鸟

Indigo-bird (*Cyanospiza cyanea*). 靛彩鹀

Jay, blue (*Cyanocitta cristata*). 冠蓝鸦

Jay, Canada (*Perisoreus canadensis*). 灰噪鸟

Kingbird (*Tyrannus tyrannus*). 王霸鹟

Kinglet, golden-crowned (*Regulus satrapa*). 金冠戴菊

Kinglet, ruby-crowned (*Regulus calendula*). 红冠戴菊

Lark, shore, OR horned lark (*Otocoris alpestris*). 角百灵

Martin, purple (*Progne subis*). 紫崖燕

Meadowlark (*sturnella magna*). 草地鹨

Merganser, red-breasted (*Merganser serrator*). 红胸秋沙鸭

Mockingbird (*Mimus polyglottos*). 小嘲鸫

Nightingale. 夜莺

Nuthatch (*Sitta*). 鳾

Oriole, Baltimore (*Icterus galbula*). 橙腹拟鹂

Oriole, orchard. SEE Starling, orchard. 圃拟鹂

Osprey. SEE Hawk, fish. 鹗，鱼鹰

Owl, screech (*megascops asio*). 角鸮

Partridge, OR ruffed grouse (*Bonasa umbellus*). 披肩榛鸡

Pewee. SEE Phoebe-bird. 灰胸长尾霸鹟

Pewee, green-crested. SEE Flycatcher, green-crested. 绿纹霸鹟

Pewee, wood (*Contopus virens*). 绿霸鹟

Phoebe-bird, OR pewee (*Sayornis phoebe*). 灰胸长尾霸鹟

Pigeon, wild, OR passenger pigeon (*Ectopistes migratorius*).
旅鸽

Pipit, American, OR titlark (*Anthus pensilvanicus*).
黄腹鹨 / 褐色鹨

Quail, OR bob-white (*Colinus virginianus*). 鹌鹑 / 山齿鹑

Red-bird, summer, OR summer tanager (*Piranga rubra*).
玫红丽唐纳雀

Red-bird, Virginia. SEE Grosbeak, cardinal. 主红雀

Redstart (*Setophaga ruticilla*). 橙尾鸲莺

Robin (*Merula migratoria*).. 知更鸟 / 旅鸫

Sandpiper, solitary (*Helodromas solitarius*). 褐腰草鹬

Snipes. 沙锥

Snowbird, OR slate-colored junco (*Junco hyemalis*).
雪鸟 / 暗眼灯草鹀灰色型亚种

Sparrow, bush. SEE Sparrow, wood.　灌丛雀鹀，见林雀鹀

Sparrow, Canada, OR tree sparrow (*Spizella monticola*).

树雀鹀

Sparrow, English. SEE Sparrow, house.　家麻雀

Sparrow, field, OR vesper sparrow, OR grass finch (*Pooecetes gramineus*). SEE ALSO Sparrow, wood.

田雀鹀 / 栗肩雀鹀 / 草鹀，林雀鹀

Sparrow, fox (*Passerella iliaca*).　狐色雀鹀

Sparrow, house, OR English sparrow (*Passer domesticus*).

家麻雀

Sparrow, savannah(*Passerculus sandwichensis savanna*).

稀树草鹀

Sparrow, social, OR chipping sparrow, OR chippie, OR hairbird (*Spizella socialis*).　棕顶雀鹀 / 斑雀鹀

Sparrow, song (*Melospiza cinerea melodia*).　歌带鹀

Sparrow, swamp (*Melospiza georgiana*).　沼泽带鹀

Sparrow, tree. SEE Sparrow, Canada.　树雀鹀

Sparrow, vesper. SEE Sparrow, field.

栗肩雀鹀（“黄昏雀鹀”），见田雀鹀

Sparrow, white-crowned (*Zonotrichia leucophrys*).

白冠带鹀

Sparrow, white-throated (*Zonotrichia albicollis*). 白喉带鹀

Sparrow, wood, OR bush sparrow, OR field sparrow (*Spizella pusilla*). 林雀鹀 / 灌丛雀鹀 / 田雀鹀

Starling, orchard, OR orchard oriole (*Icterus spurius*). 圃拟鹂

Swallow, bank, OR sand martin. 崖沙燕

Swallow, barn (*Hirundo erythrogastra*). 家燕

Swallow, chimney, OR chimney swift (*Chaetura pelagica*).

烟囱雨燕

Swallow, cliff (*Petrochelidon lunifrons*). 美洲燕

Swallow, rough-winged (*Stelgidopteryx serripennis*). 毛翅燕

Tanager, scarlet (*Piranga erythromelas*). 猩红丽唐纳雀

Tanager, summer. SEE Red-bird, summer. 玫红丽唐纳雀

Tern, sooty (*sterna fuliginosa*). 乌燕鸥

Thrush, golden-crowned, OR wood-wagtail, OR oven-bird (*Seiurus aurocapillus*). 橙顶灶莺

Thrush, gray-cheeked (*Hylocichla alicae*). 灰颊夜鸫

Thrush, hermit (*Hylocichla guttata pallasii*). 隐夜鸫

Thrush, olive-backed, OR Swainson's thrush (*Hylocichla ustulata swainsoni*). 斯氏夜鸫

Thrush, red, OR mavis, OR ferrugninous thrush, OR brown thrasher (*Toxostoma rufum*). 褐弯嘴嘲鸫

Thrush, varied (*Ixoreus naevius*). 杂色鸫

Thrush, Wilson's. SEE Veery. 威氏鸫，见棕夜鸫

Thrush, wood (*Hylocichla mustelina*). 棕林鸫

Titlark. SEE Pipit, American. 褐色鹨，黄腹鹨

Titmouse, gray-crested, OR tufted titmouse (*Baelophus bicolor*). 凤头山雀

Turkey, domestic. 家养火鸡

Turkey, wild (*Meleagris gallopavo silvestris*). 火鸡

Veery, OR Wilson's thrush (*Hylocichla fuscescens*). 棕夜鸫 / 威氏鸫

Vireo, red-eyed (*Vireo olivaceus*). 红眼莺雀

Vireo, solitary, OR blue-headed vireo (*Vireo solitarius*). 蓝头莺雀

Vireo, warbling (*Vireo gilvus*). 歌莺雀

Vireo, white-eyed, OR white-eyed flycatcher (*Vireo noveboracensis*).

白眼莺雀

Vireo, yellow-throated, OR yellow-breasted flycatcher (*Vireo flavifrons*). 黄喉莺雀

Wagtail. SEE Water-thrush AND Thrush, golden-crowned. 鹡鸰 / 水鸫，黄眉灶莺，橙顶灶莺

Warbler, Audubon's (*Dendroica auduboni*). 奥杜邦林莺

Warbler, bay-breasted (*Dendroica castanea*). 栗胸林莺

Warbler, black and white (*Mniotilta varia*). 黑白林莺

Warbler, black and yellow, OR magnolia warbler (*Dendroica maculosa*). 纹胸林莺

Warbler, Blackburnian (*Dendroica blackburniae*). 橙胸林莺（布氏莺）

Warbler, black-poll (*Dendroica striata*). 白颊林莺

Warbler, black-throated blue, OR blue-backed warbler (*Dendroica caerulescens*). 黑喉蓝林莺

Warbler, black-throated green, OR green-backed warbler (*Dendroica virens*). 黑喉绿林莺

Warbler, blue-winged (*Helminthophila pinus*). 蓝翅虫森莺

Warbler, blue yellow-backed, OR northern parula warbler

(*Compsothlypis americana usneae*). 北森莺（黄背蓝莺）

Warbler, Canada (*Wilsonia canadensis*). 加拿大威森莺

Warbler, cerulean (*Dendroica caerulea*). 白喉林莺

Warbler, chestnut-sided (*Dendroica pensylvanica*). 栗胁林莺

Warbler, hooded (*Wilsonia mitrata*). 黑枕威森莺

Warbler, Kentucky (*Geothlypis formosa*). 黄腹地莺

Warbler, mourning (*Geothlypis philadelphia*). 黑胸地莺

Warbler, Swainson's (*Helinaia swainsonii*). 白尾食虫莺

Warbler, wood 林柳莺

Warbler, worm-eating (*Helmitheros vermivorus*). 食虫莺

Warbler, yellow (*Dendroica aestiva*). 黄林莺

Warbler, yellow red-poll, OR yellow palm warbler (*Dendroica palmarum hypochrysea*). 棕榈黄林莺

Warbler, yellow-rumped, OR myrtle warbler (*Dendroica coronata*). 黄腰林莺

Water-thrush, Louisiana, OR large-billed water thrush (*Seiurus noveboracensis*). 白眉灶莺

Water-thrush, northern (*Seiurus noveboracensis*). 黄眉灶莺（"水鸫"）

Woodpecker, downy (*Dryobates pubescens medianus*).

绒啄木鸟

Woodpecker, golden-winged, OR high-hole, OR flicker, OR yarup, OR yellow-hammer (*Colaptes auratus luteus*).

金翅鴷 / 扑翅鴷

Woodpecker, red-headed (*Melanerpes erythrocephalus*).

红头啄木鸟

Woodpecker, red-shafted, OR red-shafted flicker (*Colaptes cafer collaris*). 红扑翅鴷

Woodpecker, yellow-bellied, OR yellow-bellied sapsucker (*Sphyrapicus varius*). 黄腹吸汁啄木鸟

Wood-wagtail. SEE Thrush, golden-crowned. 橙顶灶莺

Wren, Carolina (*Thryothorus ludovicianus*). 卡罗苇鹪鹩

Wren, house (*Troglodytes Aedon*). 莺鹪鹩

Wren, marsh. 长嘴沼泽鹪鹩

Wren, ruby-crowned. SEE Kinglet, ruby crowned. 红冠戴菊

Wren, winter (*Olbiorchilus hiemalis*). 冬鹪鹩

Yarup. SEE Woodpecker, golden-winged.

黄扑翅鴷，见金翅鴷

Yellow-hammer. SEE Woodpecker, golden winged.

黄扑翅鴷，见金翅鴷

Yellow-throat, Maryland, OR northern yellow-throat (*Geothlypis trichas brachydactyla*). 黄喉地莺

图书在版编目(CIP)数据

醒来的森林 / (美) 伯勒斯 (Burroughs, J.) 著;
杨碧琼译. —上海: 上海译文出版社, 2015.5 (2022.10 重印)
(山杯)
书名原文: Wake-Robin
ISBN 978-7-5327-6868-4

Ⅰ. ①醒… Ⅱ. ①伯… ②杨… Ⅲ. ①散文集-美国
-现代 Ⅳ. ①I712.65

中国版本图书馆 CIP 数据核字 (2014) 第 294062 号

John Burroughs
Wake-Robin
根据 Houghton Mifflin Company 1877 年版译出
The Riverside Press

醒来的森林
〔美〕约翰·伯勒斯 著 杨碧琼 译
责任编辑 / 莫晓敏 装帧设计 / 柴昊洲

上海译文出版社有限公司出版、发行
网址: www. yiwen. com. cn
201101 上海市闵行区号景路159弄B座
杭州宏雅印刷有限公司印刷

开本 787×960 1/32 印张 8.25 插页 7 字数 110,000
2015 年 5 月第 1 版 2022 年 10 月第 4 次印刷
印数: 7,001 — 8,000 册

ISBN 978-7-5327-6868-4/I·4157
定价: 42.00 元